narrativa tea

Jean Failler

Il respiro della marea

Romanzo

Traduzione di
Alessandro Zabini

TEA

Per informazioni sulle novità
del Gruppo editoriale Mauri Spagnol visita:
www.illibraio.it

Prima edizione italiana presso Robin Edizioni (2004) con il titolo di *Omicidio a Lorient*

TEA - Tascabili degli Editori Associati S.r.l., Milano
Gruppo editoriale Mauri Spagnol

www.tealibri.it

Titolo originale
Les bruines de Lanester

Prima edizione Narrativa TEA gennaio 2019

IL RESPIRO DELLA MAREA

Grazie a Pierre Deligny e a Nicole Gaumé

1

Il cadavere di Maurice Toussaint, soprannominato Momo, o Toutousse, a seconda del grado di intimità con il defunto, fu scoperto con la bassa marea da Aimable Maugracieux, ex capo cannoniere, attualmente in pensione.

Nel deposito di legname della Compagnia delle Indie, il cadavere giaceva con le braccia incrociate, nella melma nera dello Scorff. Il riflusso non lo aveva trasportato al largo perché la tracolla della sua bisaccia si era impigliata in uno dei pali decrepiti utilizzati un tempo per trattenere i tronchi da cui ricavare il legname per costruire i bastimenti. Così, strappati alla terra, immersi per lunghi mesi in balia delle maree, si abituavano a quello che era ormai il loro elemento, in attesa che i carpentieri del vicino arsenale li trasformassero in chiglie, coste, puntelli, fasciame e altri innumerevoli legni che assemblati dal genio umano divenivano navi da guerra.

A uno di quei pali destinati a trattenere tronchi ben diversi da quelli umani, Toutousse si era ormeggiato senza vergogna per il suo ultimo viaggio.

Sorpreso, Aimable Maugracieux si fermò, rimase immobile per un poco come se dubitasse della propria sanità mentale, quindi imprecò al cospetto della sua macabra scoperta: «Santo Dio!» e si avvicinò con prudenza, come se temesse un tiro mancino da parte del defunto.

Da vivo, Toutousse non aveva mai fatto male a nessuno. Era stato un mite barbone che aveva desiderato soltanto due cose ben precise: trovar da bere al risveglio e dormire dopo aver bevuto. L'ultima sua bevuta era stata smodata, e oltretutto aveva ingurgitato un liquido che da lungo tempo il suo organismo non aveva più l'abitudine di usare, né esternamente né internamente: acqua, e per giunta acqua salata, un liquido che non gli avrebbe lasciato postumi di sbornia, perché di tali postumi si soffriva davvero solo al risveglio, e lui, a quanto pareva, era sprofondato in un sonno che prometteva di essere eterno. Inoffensivo da vivo, non era stato reso temibile dalla morte. Nondimeno... non si poteva mai sapere. Mentre il suo volto dal naso camuso si rabbuiava, Aimable Maugracieux pensò, contrariato, che avrebbe dovuto avvisare gli sbirri e che ciò sarebbe stato irritante: interrogatori, testimonianza... In breve, perdita di tempo. Nulla di buono, davvero nulla di buono!

Inoltre, aveva progettato di raccogliere qualche bella lumaca di mare per cena e adesso era fregato. Avrebbe potuto mangiare ancora lumache di mare, Aimable Maugracieux? No di certo! Le orbite vuote del cadavere ne ospitavano alcuni begli esemplari, la qual cosa non contribuiva affatto, doveva convenirne, a stimolare l'appetito di un onestuomo.

Giustizia divina. Raccogliere lumache di mare era stata la principale attività alla quale Toussaint si fosse dedicato da vivo. Con incomparabile destrezza, frutto di lunga esperienza, le stanava dalle alghe nella fanghiglia. Una volta riempito il secchio di plastica, e non sempre del tutto se la fatica e la sete si erano fatte sentire troppo crudelmente, le vendeva a Lorient, oppure le portava a un grossista di pesce fresco di Kéroman, per barattarle con un litro di vino rosso, sua unica misura di riferimento in materia di scambio.

A questo scopo Toussaint usava la passerella metallica del ponte ferroviario, a strapiombo per quindici metri sullo Scorff. Era un'altezza vertiginosa quando il vento soffiava lugubre tra l'impalcatura metallica e il rapido Quimper-Parigi la scuoteva con un fracasso infernale.

Benché alta e ventosa, lurida e pericolosa, la passerella era percorsa volontariamente da numerosi abitanti di Lanester perché risparmiava ai pedoni gli inconvenienti di una lunga deviazione per il ponte Saint-Christophe, aperto alle automobili, che si scorgeva due chilometri a monte.

Sì, Maurice Toussaint si era occupato di lumache di mare e ora quelle si occupavano di lui. Mangiare... Essere mangiati... Spietata è la legge della natura...

Alcuni granchi verdi fuggirono, spaventati dal diguazzare degli stivali di Aimable Maugracieux simili a ventose nella fanghiglia appiccicosa. Due grandi gabbiani grigi, appollaiati sopra un palo da qualche tempo a fissare il cadavere pregustandone le carni, s'involarono pesantemente con rauche grida di protesta, per posarsi di nuovo a una ventina di metri di distanza, senza distogliere gli occhietti rotondi e freddi da quella sacra provvista di cibo che il provvido mare, nella sua infinita indulgenza, aveva loro donato.

«È morto», constatò molto stupidamente Aimable Maugracieux.

Cosa credeva, l'ex capo cannoniere, che Toutousse fosse lì per suo diletto?

Indugiò con le braccia ciondoloni, indeciso, spostando il peso da un piede all'altro con risucchi di fanghiglia, riflettendo lentamente sulla condotta da tenere. Infine, quasi certo che il barbone non avesse bisogno di cure urgenti, si allontanò bofonchiando per avvisare chi di dovere.

Informare gli sbirri da una cabina presso il molo gli costò un franco e cinquanta, che di certo nessuno gli avrebbe mai rimborsato! Comunque era contento di aver trovato una cabina funzionante, perché talvolta le cabine telefoniche rifiutavano la comunicazione senza restituire le monete, come già era successo proprio a lui, Aimable Maugracieux, il quale aveva persino reclamato alla posta centrale: e chi crede che sia stato rimborsato, sbaglia di grosso!

« Per un franco! » aveva replicato l'impiegata postale, con aria sprezzante, e Aimable sarebbe stato felice di spaccarle il muso, a quella stupida! Invece se n'era andato brontolando, perché gli altri, tutti i deficienti in fila dietro di lui, avevano preso le parti dell'impiegata. Un franco! Si va forse a rompere le palle al mondo intero per un franco?

Un franco è un franco, si era detto Aimable. In più, era una questione di principio a rendere quel singolo franco doppiamente simbolico. Purtroppo però era ben noto che nel Paese i principi non esistevano più. Per questo la Francia andava male.

Ah, gli sarebbe piaciuto molto poter avere come allievi quei contestatori, quando era stato istruttore al Centro di formazione della marina, a Hourtin. Gliene avrebbe fatte passare di tutti i colori, perdio! Come pure a tutti quegli stronzetti fannulloni che non facevano un accidente per tutto il santo giorno e poi spaccavano le cabine telefoniche di notte.

Al pronto intervento uno sbirro svogliato gli chiese senza fare una piega da dove chiamasse. Poi interruppe la comunicazione e richiamò per accertarsi di non avere a che fare con un buontempone. Un buontempone? Aimable, un buontempone? Ah, be', non lo conosceva proprio! Laggiù, intanto, il cerchio dei gabbiani si stringeva intorno al cadavere. A un tratto l'uccello più ardito strappò un pezzetto di carne e quello fu il segnale d'inizio. Se avessero tardato troppo, quegli imbecilli di sbirri non avrebbero trovato altro che ossa spolpate...

Un treno passò come al rallentatore sul ponte metallico con un fragore d'acciaio contro acciaio. Ai finestrini illuminati si videro distintamente le sagome dei viaggiatori nel tepore delle carrozze. Più giù, verso il mare, i bastimenti della Marina nazionale si confondevano con il grigiore circostante. Verso il ponte Saint-Christophe alcune barche ormeggiate nel canale galleggiavano pigre nella corrente. Il viale Normandie Niémen, che costeggiava lo Scorff, era deserto. Di quando in quando una vettura passava con sibilar di pneumatici sull'asfalto bagnato.

A un tratto gli eventi parvero precipitare. Dapprima arrivò la vettura bianca della Polizia con lampeggiante e sirena, poi il carro rosso dei pompieri a tutta velocità, sirena spiegata e uno stridio di pneumatici maltrattati dai freni, e infine, a chiudere il corteo, l'ambulanza.

Aimable scoppiò a ridere amaramente. Un'ambulanza! Avevano chiamato un'ambulanza, i deficienti! Per un cadavere già mezzo divorato dalle lumache di mare! Non badavano a spese, proprio come tutti quelli che non pagavano! Esasperato da tanto spreco, Aimable divenne ancora più scontroso del solito.

Si avvicinarono due sbirri in uniforme, e una donna in borghese. Cosa ci faceva quella ragazza con loro?

La donna si avvicinò a Aimable Maugracieux: «Ispettore Mary Lester. Ha telefonato lei?»

Stupefatto, Aimable confermò con un brontolio. Una donna sbirro, ormai si vedeva di tutto!

«Dov'è il cadavere?»

Aimable, con un gesto del mento, indicò: «Laggiù».

«Ha toccato niente?»

«No.»

« Perfetto. Andiamo. » La sbirra si girò a impartire ordini. I pompieri presero una barella dal carro e gli infermieri, appoggiati all'ambulanza, accesero una sigaretta. Non ci si poteva certo aspettare che andassero a sguazzare nella fanghiglia con le loro belle uniformi bianche! Invece l'ispettore (o bisognava dire l'ispettrice?) aveva già infilato sacchi di plastica sulle scarpe, mentre i poliziotti in divisa, che non avevano preso quella precauzione, imprecavano violentemente sprofondando sino alle caviglie. Quella sera al commissariato il lavoro alle pompe non sarebbe mancato.

Nell'accompagnare gli sbirri, Aimable spiegò in poche frasi, con tracotanza, le circostanze della propria scoperta. Mary Lester non tardò a comprendere che non erano rimaste tracce da cercare. Il cadavere fu trasportato con la barella, senza che fosse possibile piegare le braccia irrigidite e pendenti, e così il defunto Maurice Toussaint prese la strada della *morgue*.

Mentre Aimable si apprestava a rincasare, la poliziotta ordinò: « Ci segua, signore! »

Aimable s'inalberò: « Ma... »

« So che ci ha già riferito ogni cosa, tuttavia è necessario che io raccolga la sua deposizione. » Quindi soggiunse, rassicurante: « Non ci vorrà molto ».

Non ci vorrà molto! Ne raccontava di buone, la ragazza! Nella sala d'attesa del commissariato, Aimable rimase mezz'ora ad ammuffire, e per cosa? Per raccontare che era andato a verificare l'ormeggio della propria barca prima dell'alta marea e che al ritorno gli era venuta voglia di un antipasto di lumache di mare per cena! Ecco tutto quello che Aimable avrebbe potuto dire! Ah, sì! Avrebbe potuto aggiungere che giudicava perfettamente schifoso – sì, schifoso – trovare cadaveri di barboni in città!

«Dunque lei conosceva la vittima», osservò Mary Lester, facendo scattare continuamente la biro, con un *clic, clic, clic* da cui Aimable era esasperato e al tempo stesso affascinato, incapace di staccare gli occhi dalla mano della poliziotta: *clic, clic, clic*...

A un tratto Aimable trasalì, sulla difensiva. «Lo conoscevo... Lo conoscevo... Si fa presto a dire! Ha detto che si chiamava...?»

«Toussaint, Maurice Toussaint.»

«Esatto. Gli altri lo chiamavano Toutousse.»

«Quali altri?»

«Ma... i suoi amici... Insomma, voglio dire, i tipi con cui chiacchierava sul greto...»

«Quali tipi?»

«Non lo so! I ragazzi dell'Arsenale o della Fonderia... Ce ne sono parecchi che hanno la barca. Toutousse raccoglieva lumache di mare. Qualche volta dava una mano a recuperare un barcone in cambio di un cicchetto, ecco tutto!»

Mary Lester lo guardò dritto negli occhi. «Ne è sicuro?»

«Di cosa?» fece Maugracieux, esasperato.

«È sicuro che sia tutto?»

«Sì, come le ho detto!» *Clic, clic, clic*... Non la smetterà mai con quella biro? pensò Aimable. Mi snerva!

«Ha aiutato anche lei?»

«Mai! Non ho bisogno di tipi come quello!»

«Eppure gli ha parlato!»

«Mai, le dico! Tipi così, io... io...»

Mary Lester aspettò che Aimable terminasse la frase... *Clic, clic, clic*... Ma l'attesa fu vana, così domandò: «Cosa intende con *tipi così*?»

«Be'...» farfugliò Maugracieux. «I barboni...»

«Dunque li detesta!»

«Non li posso vedere», ringhiò Maugracieux, sprezzante. «Schifosi parassiti ubriaconi e luridi... Bisognerebbe... Bisognerebbe...» Era tanto indignato da balbettare.

Mary lo soccorse, perfida: «Cosa bisognerebbe fare, signor Maugracieux? Ammazzarli?»

All'improvviso Maugracieux vide l'abisso che si spalancava ai suoi piedi e si affrettò a battere in ritirata. «Ehi! Che cosa vuol farmi dire?»

Clic, clic, clic...

«Proprio nulla, signor Maugracieux. È stato lei stesso a dirlo.»

«Io non ho detto proprio niente!» s'infuriò Aimable. «Ho detto soltanto che non li posso vedere e che...»

«E che... cosa?» insistette Mary Lester, implacabile.

«Che questa gente non dovrebbe esistere, ecco!»

«Da qui ad ammazzare...»

«Ehi! Piano!» Maugracieux si raddrizzò sulla sedia. «Non ho ammazzato nessuno, io!»

«Verificheremo, signor Maugracieux.»

«Sta dicendo che sono sospettato? Ma quel tipo là si è annegato da solo! Era quasi sempre ubriaco fradicio! Può darsi benissimo che sia scivolato in acqua!»

«Verificheremo», ripeté Mary Lester.

«Ah...» gemette Maugracieux. «Se l'avessi saputo me ne sarei stato alla larga! A quest'ora avrei già potuto essere al caldo a casa mia! Che gentaglia, i barboni! Anche morti trovano il modo di rompere le palle al mondo intero!»

Come assorta in un sogno a occhi aperti, Mary Lester non badò all'ultima frase di Aimable Maugracieux. Con discrezione, sollevò la mano destra a coprire la bocca e sbadigliò. «Può rincasare, signor Maugracieux. Ecco, firmi qui.»

«Che roba è?» domandò Aimable, sospettoso.

«Non è la sua condanna a morte», rispose la ragazza. «È semplicemente la sua deposizione. Può leggerla, se vuole.»

«Eccome, se voglio!» Maugracieux si posò sul grosso naso un ridicolo paio di occhialini tondi e lesse due volte la deposizione per accertarsi che non gli fossero state attribuite dichiarazioni di cui in seguito si sarebbe potuto rammaricare.

«Va tutto bene?» domandò Mary Lester.

Maugracieux mugugnò qualcosa di poco ameno che volendo sarebbe potuto passare per un consenso, poi si curvò e, con la lingua che gli spuntava dalle labbra, appose al documento la propria firma in una calligrafia attentamente aggraziata. Infine, inclinando leggermente la testa, contemplò la propria opera con aria soddisfatta e restituì la biro a Mary. «È tutto?» domandò.

«Sì, signor Maugracieux, è tutto», rispose Mary. «La ringrazio.»

«Di nulla», brontolò Maugracieux, con una scrollata di spalle. Si avviò alla porta camminando di traverso come un granchio e scomparve alla vista.

2

«Allora, dica un po'!» disse l'ispettore Mary Lester al brigadiere che aveva dattiloscritto con due dita la deposizione di Maugracieux. «Non è granché amabile quel tipo! Nonostante si chiami Aimable!»

Mary Lester non poteva sapere che Désiré Maugracieux e sua moglie Anne, nata Dagorn, i genitori del testimone, avevano voluto neutralizzare l'increscioso patronimico, così simile allo scortese *malgracieux*, donando al loro unico rampollo un nome che a loro era parso gentile. Dopo cinquantanove anni, ormai stanco e sempre scontroso, Maugracieux portava il suo nome come una croce.

«Aimable Maugracieux», lesse Mary Lester. «Cinquantanove anni, coniugato con Francine Le Gallou, nessun figlio (per fortuna la stirpe è destinata all'estinzione), capo cannoniere in pensione, campagne d'Indocina e Algeria, segni particolari: nessuno. Nessuno un accidente! Come segno particolare avrei scritto: non ama nessuno, anzi, detesta il mondo intero! È proprio così: detesta il mondo intero. E questo è un segno maledettamente particolare! »

« Non è previsto dal regolamento, signorina », commentò placidamente il brigadiere alla macchina da scrivere.

« Ha ragione, Le Moal. » Mary Lester si alzò. « Non è previsto, e questo è un vero peccato. »

Mary Lester era sola in ufficio intenta a giocherellare con la sua penna, *clic clic clic*, e gli occhi persi nel vuoto, allorché la porta fu aperta con fracasso e Marc Amédéo fece un'entrata spettacolare.

Sussultando, Mary Lester lasciò cadere la biro, con apparente soddisfazione del nuovo arrivato.

« Mi dispiace averla spaventata, piccola mia », esordì Amédéo con falsa sollecitudine.

Mary Lester non rispose. Esecrava quel brav'uomo, ispettore capo, che avrebbe dovuto aiutare lei, la principiante. Esecrava il suo modo di entrare nel suo ufficio senza bussare, la sua abitudine di chiamarla « piccola mia » anche se lei era mezza testa più alta di lui, la sua aria da bellimbusto mediterraneo, per non dire da ruffiano marsigliese che si aspettava di vedere ogni donna cadergli ai piedi. Purtroppo era suo superiore e doveva fare buon viso a cattivo gioco, però doveva sforzarsi parecchio.

«Ebbene, piccola mia...» riprese Amédéo, sedendosi sfrontatamente sul bordo della scrivania di Mary. «Cosa mi dice del cadavere di ieri sera?»

Mary Lester spinse indietro la sedia e aprì un cassetto, da cui trasse una copia del rapporto dattiloscritto la sera prima da Le Moal, e lesse con voce neutra: «Si tratta di un certo Maurice Toussaint, soprannominato Momo o Toutousse, a scelta. Anni cinquanta, barbone di professione».

«È stato identificato formalmente?»

«Sì, signore. Lo conoscevano tutti. Era un personaggio pittoresco di Lanester. Abitava in una casamatta sotto il ponte della ferrovia, tra rue Camille Pelletan e il muro dell'Arsenale. Un povero diavolo, all'apparenza inoffensivo.»

«Il dannato Toutousse quindi è finito per annegare...»

«Lo conosceva?» chiese Mary, stupita.

«Chi non lo conosceva?» replicò Amédéo. «Ci si chiedeva quando sarebbe finito in acqua. È un miracolo che non gli sia successo prima!»

«È caduto in mare, ci si è buttato oppure l'hanno spinto.»

«Ehilà! Quante ipotesi!» Amédéo si alzò. «Atteniamoci alla prima, piccola mia. È stato arrestato ubriaco fradicio e privo di conoscenza tante volte, può darsi benissimo che sia annegato da solo. Forse è voluto passare per la passerella della ferrovia nonostante il divieto, e adesso che non c'è più il parapetto...»

«È possibile... Di sicuro è morto. Un'altra certezza è che è morto annegato. Il rapporto autoptico indica acqua nei polmoni.»

«Lo ha già ricevuto?» si stupì Amédéo. «È tutto tranquillo, a quanto pare il medico legale non aveva granché da fare... Insomma, c'è altro?»

«L'acqua nei polmoni era salmastra...»

«Lo sospettavo», ribatté Amédéo, con una certa impazienza. «È tutto?»

«Alcune piaghe più o meno purulente ai polsi e ai piedi, nonché un grosso ematoma all'altezza dello sterno. L'autopsia indica anche un tasso alcolemico di un grammo e venti, che non significa che fosse ubriaco. È stato arrestato così spesso con tre grammi, che per lui un grammo e venti era quasi come essere sobrio. Inoltre aveva nella tracolla un litro di rosso appena cominciato.»

«Grana?»

«Quarantotto franchi nella tasca dei pantaloni. Un patrimonio, per un tipo come lui. Se fosse rimasto ucciso in seguito a un litigio tra barboni, il suo aggressore gli avrebbe vuotato le tasche prima di buttarlo in acqua.»

«Inoltre si sarebbe preso il litro...»

«Probabilmente.»

«Ebbene, piccola mia?»

«Ebbene cosa, signore?»

«Che cosa ne pensa?»

«È molto probabile che si sia trattato di un incidente, nondimeno...»

Amédéo corrugò le sopracciglia. «Nondimeno?»

«Nondimeno credo che converrebbe attendere qualche giorno prima di chiudere l'indagine, nell'eventualità che emergano nuovi elementi.»

«Nuovi elementi? Lo crede davvero?»

«Non si sa mai, signore. Può darsi che qualcuno lo abbia visto cadere. Magari un altro barbone... Chissà? Non era mica sempre solo!»

«No, non era sempre solo, anzi, posso dirle che era sposato.»

«Sposato?! Mi sorprende, signore!»

«Sì, sì, sposato, o meglio, conviveva con una certa Titine, soprannominata Titine Buccia di Mela, per via della sua carnagione: il vino rosso... Quanto al suo cognome, bisognerebbe chiedere all'ospedale.»

«Perché? È ricoverata?»

«Sì, signorina, da quindici giorni. Dopo la sua ultima sbornia si è addormentata sotto un camioncino di pesce a Kéroman. L'autista è partito senza vederla e le ha schiacciato tutt'e due le gambe. Ecco, soltanto le canaglie hanno fortuna! Chiunque altro sarebbe morto. Titine invece no. Due zampe spezzate e se la spassa in ospedale a spese dello stato. E quel poveraccio dell'autista ne ha sentite di tutti i colori prima che l'ambulanza la portasse via. Il repertorio di Titine è strepitoso!»

«Dunque non si può contare sulla sua testimonianza», osservò Mary, pensosa.

«Non più che su quella di chiunque altro. Creda alla mia esperienza, Lester: il mondo dei barboni è un mondo impenetrabile, soprattutto per gli sbirri! Se pensa che qualcuno di loro sia disposto a testimoniare, allora s'illude, piccola mia. Se lo spera, aspetti pure. Toutousse è alla *morgue*, al freddo, e ha tutto il tempo... E noi pure. Ma quanto prima archivierà il fascicolo, tanto prima ce ne sbarazzeremo.» Amédéo si stiracchiò e sbadigliò. «Comunque, dato che lei spera, attendiamo pure qualche giorno. Nessuno ci mette fretta! E proprio per questo lei si sposterà alla stazione di Lanester. Sa dove si trova?»

Mary sospirò. Sì, lo sapeva. Rue Marcel Sembat, al 65. Era la terza volta che ve la spedivano e ogni volta si era annoiata da morire. Di sicuro quell'imbecille avrebbe aggiunto che così avrebbe visto come funzionava una stazione di quartiere!

Infatti Amédéo non perse l'occasione, sentenziando: « È bene che veda di persona come funziona una stazione di quartiere! »

Mary Lester era nella piccola stazione di Polizia di Lanester. Sulla riva sinistra dello Scorff, di fronte a Lorient, Lanester era la periferia operaia del grande porto di Ponant. A causa della crisi dei cantieri navali e delle fonderie, industrie tradizionali di Lanester, il tasso di disoccupazione era molto elevato. Il centro interamente rinnovato la rendeva una città attraente, mentre nelle strade circostanti si trovavano casette costruite spesso in economia e orti provvisti di pali di cemento a reggere fili di ferro con il bucato steso ad asciugare.

L'ispettore capo Marc Amédéo se n'era andato com'era arrivato, in una raffica di vento, lasciando Mary Lester sola. Era furiosa, la piccola Mary, perché se fosse accaduto qualcosa d'importante sarebbe stato il commissariato centrale di Lorient a occuparsene.

La stazione di polizia di Lanester era al pianterreno di un immobile nuovo, tra un ambulatorio veterinario e una banca. Se non fosse stato per gli avvisi di ricerca con i ceffi patibolari dei terroristi affissi alle pareti, sarebbe sembrato un ufficio amministrativo qualunque. Non si vedevano uniformi all'orizzonte. C'erano soltanto due funzionari in borghese a disposizione del pubblico, a raccogliere i reclami e trasmetterli al commissariato centrale di Lorient. Uno era uscito per compiere un'indagine su richiesta di un giudice istruttore, mentre l'altro era in ufficio a dattilografare un rapporto, e Mary, seduta al banco di ricezione, sentiva il ticchettio irregolare della macchina da scrivere.

Quanto a scocciarsi, Mary si scocciava eccome. Aveva letto il giornale in lungo, in largo e per traverso, inclusi i risultati di calcio, le corse di cavalli e i necrologi, a dimostrazione degli estremi cui può spingere l'inattività!

La morte di Maurice Toussaint era menzionata tra le notizie di cronaca:

Trovato nello Scorff il cadavere di un uomo.

Giovedì, intorno alle sedici e trenta, è stato trovato il cadavere di un uomo sulla riva fangosa dello Scorff, all'altezza del deposito di legname della Compagnia delle Indie. Si tratta del signor Maurice Toussaint, anni cinquanta, disoccupato, originario di Priziac, nel Morbihan. Ben noto alla Polizia, Maurice Toussaint viveva ai margini della società, in una casamatta dell'ultima guerra, sotto il ponte della ferrovia di Lanester. È stata eseguita un'autopsia per determinare le cause del decesso.

Stancamente, Mary chiuse il giornale.

In quel momento qualcuno bussò alla porta.

« Avanti! » gridò Mary.

Entrò una giovane donna bionda, dall'aria molto emozionata.

Mary si alzò. « Buongiorno, signora. »

« Buongiorno », rispose la giovane donna con voce fioca, e con un cenno della testa che doveva essere un saluto. Poi guardò attorno come una belva braccata.

Non sembra molto tranquilla, pensò Mary, prima di accennare alla sedia davanti alla sua scrivania. « Si accomodi. »

« Grazie. » La giovane donna rispose ancora con un filo di voce e sedette sul bordo della sedia. Dopo un breve silenzio, aggiunse con voce strozzata: « Sono la signora Sallabert ».

« Cosa la conduce qui, signora Sallabert? »

La donna osservò Mary Lester con occhio inquieto. « Lei... è della Polizia? »

« Sì. Ispettore Mary Lester. »

« Ah! » La donna sembrava sconcertata.

« Non si aspettava di trovare un poliziotto donna? »

« Be'... no... »

«Invece, come vede...» Mary affettò un tono scherzoso per far rilassare la sua interlocutrice, «non esistono soltanto al cinema!»

La signora Sallabert sospirò profondamente. «In un certo senso lo preferisco... Ecco, signora... Mio marito è scomparso.»

Finalmente una novità, pensò Mary, con un lampo d'interesse nello sguardo. «Da quando, signora Sallabert?»

«Quattro giorni. Esattamente da lunedì 16 novembre.»

«Non le ha detto nulla?»

«No.»

«Non le ha lasciato alcun messaggio?»

«Neppure.»

«Quando lo ha visto per l'ultima volta?»

«Lunedì sera. È rientrato dal lavoro un po' prima del solito, verso le diciassette e trenta. Ha fatto merenda con i bambini di ritorno da scuola, poi è uscito con il furgone del magazzino. Aveva gli stivali e una motosega. Mi ha detto che sarebbe andato a tagliar legna nei pressi di Kerhervy.»

«Legna?» chiese Mary, stupita.

«Sì, abbiamo un camino molto grande. Dopo la tempesta di ottobre si può tagliar legna un po' dovunque. Antoine pensa... Insomma, pensava...» La signora Sallabert si tamponò gli occhi con un fazzoletto appallottolato nel pugno, infine vinse la propria emozione. «Pensava che gli giovasse fare esercizio dopo le ore d'ufficio, le sue preoccupazioni al magazzino...»

«Capisco», rispose con cortesia Mary, nel prendere la penna. «Si tratta dunque di Sallabert, Antoine... Età?»

«Trentasei anni.»

«Professione?»

«Dirigente commerciale. È direttore del Center Marché.»

Mary conosceva l'enorme ipermercato al centro di Lanester. Era molto giovane, Antoine Sallabert, per esserne il direttore. «Indirizzo?»

«Villa Gwenaël, Toulbahado.»

«Abitate a Lanester da molto tempo?»

«Poco più di un anno. Quattordici mesi, per essere precisi.»

«Avete figli?»

Al pensiero dei figli, la signora Sallabert si sciolse in singhiozzi. Superato il grosso della crisi, si tamponò di nuovo gli occhi e rispose con voce strozzata: «Mi scusi. Abbiamo due figli: un maschio, Gwenaël, di sette anni, e una femmina, Caroline, di quattro».

Mary Lester prese nota scrupolosamente. « È scomparso qualcosa di suo? »

« Cosa intende? »

« Voglio dire... Ha preso qualche indumento, come se intendesse partire per un viaggio? »

« No, nulla. »

« Ne è sicura? »

« Assolutamente. Quando parte, sono sempre io a preparargli la valigia. »

« Si assenta spesso? »

« Ogni mese. Deve andare a Parigi per affari: la centrale d'acquisto, riunioni... Vi si è recato l'ultima volta la settimana scorsa. »

« Bene... Che lei sappia aveva nemici? »

« Nemici? » ripeté la signora Sallabert, sconcertata dalla domanda. « In verità... Sa, l'apertura di un nuovo ipermercato non è ben vista da tutti... I concorrenti, i piccoli commercianti... Ma da questo a... » Non terminò la frase.

Era vero, in un mondo di concorrenza esasperata, se si dovesse sparare a tutti i rivali da cui si è messi in ombra sarebbe un massacro! D'altronde la scomparsa di un direttore non aveva mai fatto chiudere alcun ipermercato. Di sicuro i direttori non mancavano!

« Ha ricevuto minacce? »

« Non me ne ha mai parlato. So che la facciata del

magazzino è stata imbrattata di graffiti due o tre volte, ma questo succede ovunque... »

« È vero », convenne Lester, continuando ad annotare ogni cosa. « Ehm... Aveva un'amante? »

La parola « amante » provocò un singhiozzo che la signora Sallabert si sforzò di soffocare con il fazzoletto.

A disagio, Mary Lester cercò di attenuare la brutalità della domanda. « Mi scusi, ma non devo trascurare alcuna pista. »

« Certo », riconobbe la signora Sallabert, arrotolando nervosamente il fazzoletto. « Lo ignoro... Insomma, da qualche tempo rientrava tardi, talvolta... E mi sembrava strano. Ma davvero, non lo so! »

Allora Mary pensò che senza dubbio le donne erano sempre le ultime a sapere delle scappatelle dei mariti. « Aveva stipulato un'assicurazione sulla vita? »

« Credo di sì. Me ne ha parlato, ma dovrei controllare tra le sue carte. Era lui a occuparsi di tutto... » Un altro singhiozzo subito soffocato, forse al pensiero di tutte le domande imbarazzanti che ormai deve attendersi.

« Suo marito aveva amici al di fuori del lavoro? »

« Non siamo qui che da un anno. Non abbiamo ancora stretto amicizie. Comunque Antoine si allenava alla società di calcio di Lanester. Presumo che abbia fatto qualche conoscenza, però non ne parlava spesso. In verità, progettava di aprire una palestra di judo a Lanester.»

«Ah, era judoka?»

«Sì, il judo era la sua passione. Era cintura nera, terzo dan. Quando era sotto le armi è stato persino nella nazionale militare.»

«Mi dica... Perché non ha avvertito subito la Polizia?»

«Non lo so... La paura dello scandalo... E poi, se fosse tornato con una spiegazione plausibile, che impressione avrei fatto?»

Mary Lester scosse la testa, comprensiva.

«Sa, quando qualcuno scompare...» continuò la signora Sallabert. «Mi dica, lei che ha esperienza... Quanto tempo passa di solito prima della denuncia?»

«Così mi pone una domanda difficile», ammise Mary Lester. «Quando accade, ciascuno reagisce in modo diverso. Che io sappia, non esiste alcuna regola. Senza dubbio ci si muove più rapidamente quando si tratta di un bambino, anziché di un adulto...» Mary Lester si alzò, sorrise, cercò di apparire rassicurante. «È inutile allarmarsi. Forse suo marito ritornerà oggi stesso, oppure domani, con una spiegazione del tutto soddisfacente, come ha detto lei stessa. Nel frattempo, tenuto conto delle informazioni che mi ha fornito, avvierò un'indagine con estrema discrezione. Ah, potrebbe darmi una fotografia di suo marito?»

La signora Sallabert aprì la borsetta. «Ne ho portate tre. Tenga...»

Mary Lester osservò le fotografie: il ritratto di un padre felice che guarda con occhi struggenti di ammirazione il bimbo che tiene per mano; la famiglia Sallabert al completo, con la moglie che, seppure di taglia media, dominava di mezza testa il marito. Dunque Antoine Sallabert era tutt'altro che grande e grosso...

«Non si preoccupi troppo», raccomandò Mary Lester nell'accompagnare alla porta la signora Sallabert. «La terrò informata.»

3

«Vedo che riceve visite dal bel mondo!» In un tono pretenziosamente ironico, con aria seducente, le mani nelle tasche dei pantaloni, l'impermeabile gettato all'indietro, il feltro sull'occhio, la sigaretta incollata al labbro superiore, Marc Amédéo recitava la parte di Bogart, accampato davanti alla scrivania di Mary Lester.

Anche se si sforzava di restare calma, Mary era certa che l'ostilità fosse evidente nel proprio sguardo. Iniziava ad averne fin sopra i capelli di quel disgustoso tipo di macho, con il suo tono protettivo e la sua sufficienza... «Era la signora Sallabert», rispose con voce neutra. «Senza dubbio la conosce...»

Amédéo fece un volteggio, sollevando l'impermeabile. «Certo che la conosco! D'altronde, conosco tutte le belle donne», dichiarò con voce mielata, e protese una mano dalle dita ingiallite di nicotina per accarezzare una guancia di Mary, la quale indietreggiò come dinanzi a un serpente velenoso. Lui restò interdetto, con la zampa a mezz'aria, e rise stupidamente. «Suvvia, ragazza mia, non abbia paura! Non la mangio mica!»

«Non ho affatto paura», ribatté Mary con voce glaciale, fissando la mano dell'ispettore capo, sempre protesa verso di lei.

Allora Marc Amédéo abbassò il braccio e sedette sulla sedia da cui si era appena alzata la signora Sallabert. Poi si stravaccò all'indietro e con aria ispirata iniziò a spedire anelli di fumo al soffitto.

Rinuncerebbe al tabacco, se sapesse che faccia da imbecille fa con quella bocca a culo di gallina, pensò Mary. Poveraccio! S'illude davvero di potermi rimorchiare?

Finalmente Marc Amédéo smise di affumicare il soffitto. «E cosa voleva l'affascinante signora Sallabert?»

«Nulla, a parte denunciare la scomparsa del marito.»

Di scatto Marc Amédéo si raddrizzò. «Questa poi! Suvvia, piccola mia! Racconti!»

Piccola mia! Insiste, pensò Mary. Inspirò profondamente, sforzandosi di mantenere la calma, quindi iniziò a leggere gli appunti sul taccuino. «Antoine Sallabert è partito con un furgone del grande magazzino, dopo aver dichiarato alla moglie di voler andare a Kerhervy a far legna. Poi è scomparso.»

«Ecco. Una fuga...» commentò Amédéo, in tono faceto. «Interessante! Mi dica, Lester, questo Sallabert, è forse il direttore del Center Marché?»

«Sì, signore. Ma perché ipotizza una fuga?»

Come se gli fosse stata posta una domanda stupida, Amédéo alzò le braccia al cielo. «Cosa vuol mai che sia, piccola mia? Un tipo che esce da solo e non torna... Succede tutti i giorni! Lei cosa penserebbe?»

«Non saprei, signore. Si potrebbero considerare altre ipotesi.»

«Certo che si potrebbe, Lester. È sempre possibile. Ad esempio, si potrebbe considerare un rapimento. Non è forse vero?»

«In effetti, è già successo», convenne Mary, sulla difensiva.

«Ah, questo è certo», replicò Amédéo, decisamente beffardo. «È già successo e, se vuole il mio parere, succederà ancora. Tuttavia...» guardò Mary con un sorriso strano, «tuttavia non si è mai visto a Lanester.»

«C'è sempre una prima volta!»

Amédéo tornò a sedersi sull'angolo della scrivania. «Mi dica, Lester... Perché si rapisce qualcuno, di solito?»

«Per ottenere un riscatto.»

«Giusto. Per denaro, anzi, direi per molto denaro. Rapire una persona e chiedere un riscatto alla famiglia presenta molte incognite. Si può ottenere molto, però ci si può anche rimettere molto. Ai processi, le giurie non scherzano con questo genere di cose. Sono gruppi organizzati a tentare l'avventura, specialisti della malavita oppure gruppetti di terroristi. Mi nomini qualcuno, qui a Lanester, che sia abbastanza ricco per essere rapito. Mi trovi una banda di delinquenti bene organizzata che abbia le capacità necessarie per compiere un'impresa del genere, o anche un'organizzazione terrorista...»

Mary azzardò: «Il Fronte di liberazione della Bretagna».

Amédéo scrollò le spalle. «Questa è davvero spassosa! È già tanto se quelli sono capaci di imbrattare i cartelli stradali di notte! D'altronde, la famiglia ha forse ricevuto una richiesta di riscatto?»

«La signora Sallabert non me ne ha parlato», ammise Mary.

«Dunque questa pista si può escludere, e osservi che io personalmente non l'ho mai considerata. Poi?»

«Potrebbe essere stato ucciso», azzardò ancora Mary.

«Dov'è il cadavere?»

Mary restò muta.

«Mi mostri il cadavere, piccola mia, mi mostri il cadavere e apriremo subito un'indagine! Nel frattempo, abbiamo già abbastanza crimini di cui occuparci senza doverne inventare altri.» Amédéo protese una mano. «Mi consegni gli appunti!»

Mary tentò di obiettare. «Ma...»

Amédéo insistette. «Intendo occuparmi di questa faccenda di persona. Intuisco che lei sta per commettere qualche stupidaggine. Creda alla mia esperienza: in casi come questo, occorre procedere in punta di piedi. È una faccenda delicata!»

«Esattamente», concordò Mary.

«Esattamente cosa?»

«Ho promesso a quella donna d'indagare con discrezione.»

«Ha fatto bene! Ah, Lester, perché mi guarda così? Mi crede forse incapace di discrezione?»

Mary scrollò appena le spalle e sospirò. «No, signore.»

«Alla buonora!» Amédéo si alzò rumorosamente. «Mi segua, ragazzina! Si torna a Lorient. Ho qualcosa per lei: alcuni teppisti hanno svaligiato una seconda casa. Quelli che erano entrati nell'abitazione sono riusciti a fuggire a piedi attraverso i campi, mentre l'autista è stato inseguito e catturato. Non dico altro! Proprio come nei film americani! Per fortuna l'imbecille è finito contro un muro. Ha mai interrogato qualche teppista?»

«No, signore.»

«Bene, ecco la sua occasione: il battesimo del fuoco, per così dire!»

Mary Lester ritornò a Lorient tallonata da Amédéo. Era arrivata in Bretagna da un anno, e cos'aveva fatto nel frattempo? Aveva registrato denunce di taccheggio, di automobili e motorini «presi in prestito» per una sera, di risse nei bar o nelle discoteche tra bande di adolescenti che si affrontavano per scaricare le energie non dedicate al lavoro, oppure di atti vandalici notturni, aiuole devastate, cabine telefoniche svaligiate di poche monete, bidoni dell'immondizia rovesciati, muri imbrattati con dipinti osceni o provocatori, sempre volgari, in cui alcune menti perverse vedevano le ultime espressioni spontanee dell'arte contemporanea.

Un tempo comunità rurale, poi diventata il dormitorio di Lorient, la sua grande vicina, Lanester era una cittadina tranquilla, con pochi grandi agglomerati. La popolazione, di origine essenzialmente contadina, era rimasta molto attaccata ai suoi villini singoli, con l'orticello per coltivare legumi e allevare qualche pollo e qualche coniglio, come succedeva un tempo nelle fattorie dei genitori dalle parti di Pont-Scorff. Lungo i vialetti scrupolosamente cementati il bucato appeso ai fili di ferro asciugava nel vento. Era una popolazione modesta, la quale, a parte rare eccezioni, non conosceva gli sport invernali né le vacanze al sole in Paesi lontani.

Lanester era dunque una cittadina francese come mille altre e con i medesimi problemi. Gli urbanisti le avevano creato un cuore di piccoli immobili nuovi, moderni, adatti al buon vivere, grandi spazi verdi, un lago artificiale, botteghe, ipermercati, una zona industriale, come dappertutto, e poi due grosse industrie: l'Arsenale, al lavoro per la Marina nazionale, e la S.B.F.M., la «fonderia» com'era lì chiamata, una filiale della Renault.

Era una città in cui non accadeva niente per mesi, per anni, ed ecco che in due giorni si susseguivano due avvenimenti: l'annegamento del barbone Maurice Toussaint e la scomparsa del direttore dell'ipermercato, Antoine Sallabert.

Per l'ispettore capo Marc Amédéo si trattava di due «non eventi». Il barbone era caduto in acqua mentre era sbronzo: un incidente, fascicolo da archiviare; il direttore dell'ipermercato era fuggito, succedeva ogni giorno.

Mary trovava bizzarro tutto questo. Era vero che in Francia i barboni annegavano tutti i giorni e che migliaia di persone scomparivano senza motivi apparenti, proprio come Antoine Sallabert. Eppure...

Forse la piccola Mary Lester si era montata la testa. Forse il suo disincanto la stava spingendo a lavorare d'immaginazione più del necessario. Chissà...

Alla fine se ne sarebbe occupato l'ispettore capo Marc Amédéo. A Mary Lester non restava altro da fare che indagare sul furto nella seconda casa.

Il teppista era seduto a testa china di fronte a Mary Lester, con i gomiti sulle ginocchia. Mary lo osservava con una compassione tinta di amarezza. Un giovane in un commissariato: che spreco!

Il ragazzo guardava Mary di sottecchi. Avrebbe voluto avere un'aria cattiva, ma riusciva soltanto a tradire la propria angoscia. Indossava il tipico giubbotto nero da teppista, jeans scoloriti, stivali da cowboy. Vent'anni? No di certo.

Mary consultò il rapporto degli agenti che lo avevano arrestato dopo l'inseguimento in auto, spiacevolmente concluso contro un muro: «Francis Le Gwen, anni diciannove, di Penher, pessimo studente. Ha abbandonato la scuola senza conseguire il diploma, disoccupato». Logico, pensò Mary, guardandolo di nuovo. Non aveva un brutto aspetto, il ragazzo: espressione ostinata, sguardo dal basso in alto, pugni serrati. In buone mani sarebbe potuto diventare un bravo operaio. Ha tracce di grasso sulla pelle, potrebbe essere un meccanico... pensò Mary. «Dimmi, Francis... Ti piace la meccanica?»

Gli occhi neri del ragazzo si illuminarono per la sorpresa. Non si aspettava una domanda del genere. Innanzitutto era inconsueto essere interrogati da una donna, che per giunta non era affatto male. Di sicuro era un po' vecchia, almeno venticinque anni, così a occhio, comunque nient'affatto male. Si era tolta il montgomery blu dai grandi bottoni di legno e sotto il maglione di lana intrecciata si scorgevano forme affatto femminili. Anche lei portava jeans scoloriti, ma puliti, e stivali neri ben incerati. «Perché?» chiese il ragazzo.

Mary sorrise. Era la prima volta che il signor Le Gwen apriva bocca da quando era stato arrestato. A quanto pareva gli agenti avevano faticato parecchio a ottenere le sue generalità. Francis le Gwen non aveva voluto dire niente agli sbirri, neppure il suo nome. Per sua sfortuna era stato riconosciuto da un poliziotto che abitava nel suo quartiere. Comunque, nessuno doveva illudersi che potesse denunciare i suoi amici! Però era vero, amava la meccanica e la conosceva molto bene, pur senza averla mai studiata. Osservava di sbieco Mary Lester. Davvero strana, la sbirra!

«Vuoi sapere cos'ha a che fare la meccanica con tutta questa faccenda?» proseguì Mary.

Il ragazzo scosse la testa, disorientato.

«Eh, be'... Di solito una banda affida la vettura a chi guida meglio. Inoltre, sempre di solito, chi guida meglio conosce e ama la meccanica.»

Ora Francis Le Gwen guardò Mary Lester quasi direttamente in viso e quasi senza ostilità. Era vero che nella banda nessuno valeva niente come autista in confronto a lui. Eppure lui era fregato, e non ne aveva nessuna colpa, perché la dannata ruota posteriore destra del furgone si bloccava in frenata: un difetto che si sarebbe potuto sistemare facilmente!

«Dunque non hai avuto alcuna difficoltà a partire...»

«E perché mai avrei dovuto averne?» chiese d'istinto il ragazzo, con un velo di sarcasmo.

«Eh, be', senza chiavi... Quando dimentico le chiavi della mia auto, vecchio mio, io non so che fare! Ma di sicuro è una sciocchezza per uno specialista come te!»

Ah, la stronza! Si trattava quindi di questo! Voleva addossargli il furto del furgone! Ecco perché ci aveva girato intorno! Decisamente, maschi o femmine, gli sbirri erano tutti stronzi! «Ehi!» gridò il ragazzo. «Non ho rubato niente, io! Il furgone era nel parcheggio del ristorante sulla strada del ponte di Bonhomme. Era aperto e aveva persino le chiavi nel cruscotto!» Poiché Mary Lester lo guardava dubbiosa, aggiunse, alzando una mano: «Lo giuro! Volevamo soltanto bere qualcosa, ma c'era un matrimonio elegante e abbiamo deciso di ritornare a Lanester. Pioveva e non volevamo andare a piedi, così abbiamo preso in prestito il furgoncino. Soltanto che Petit...» Merda! Francis Le Gwen si era lasciato scappare un nome, e quando si iniziava a spifferare... Eppure i suoi compari più vecchi, che erano già stati in gattabuia, gli avevano raccomandato di tenere la bocca chiusa con gli sbirri per non rischiare di essere fottuto! Così si chiuse come un'ostrica.

Alle sue spalle, senza essere sentito, era entrato Marc Amédéo. Lo afferrò per il collo, il teppista, e lo costrinse a girarsi. «Continua, Francis... Petit come? Non ho sentito il resto. Forza, vuota il sacco!» Lo scosse come un prugno e dinanzi al suo mutismo s'infuriò. «Fottuto stronzetto! Non vuoi dir niente, eh? Be', lo vedremo!»

Sconvolta da quell'intromissione brutale, Mary Lester non esitò a intervenire: «Ma... Signore...»

Furioso, Marc Amédéo si girò verso di lei senza lasciare Francis Le Gwen: «Ma cosa? È uscita dalla scuola di Polizia da sei mesi, Mary Lester, e vuole insegnarmi il mestiere? Vuole insegnarmi come si trattano questi stronzi? Ah sì? Vuole spiegarmi la psicologia e chissà quale altra stronzata? Be', le dico io quale lingua capiscono questi teppisti: cazzotti sul muso e calci in culo! Ecco come bisogna interrogarli!»

Mary tentò di tenergli testa con dignità: «Mi sembrava che avesse incaricato me di procedere con l'interrogatorio!»

«Sì, sì, proprio così!» ribatté Amédéo, con una smorfia. «Tutti possono sbagliare, no? Be', l'incarico è revocato! Contenta? No? Me ne fotto! Il padrone, qui, sono io! A modo suo non si risolve niente! Si tolga dai piedi e mi lasci solo con questo "signore"! Dobbiamo parlare tra uomini!»

Contrariata, Mary prese le sue cose e se ne andò, non senza lanciare un'occhiata di complicità a Le Gwen, evidentemente spaventato. Che fascista, quello sbirro!

Sbattendo la porta, unica manifestazione di collera che le fosse concessa, e alla quale non rinunciò, Mary uscì dalla sala interrogatori.

Il brigadiere Le Moal, al turno di guardia, aveva sentito l'alterco. Capelli grigi, rubizzo, panciuto, era un tipo tranquillo, il più vecchio del commissariato. Alla fine dell'anno sarebbe andato in pensione e si sarebbe potuto dedicare completamente al suo orto e alle partite a bocce con gli amici. Voleva bene alla piccola Lester e si sentì contrariato nel vederla contrariata. «Suvvia, signorina, non è niente di grave», esordì in tono paterno. Non si era mai risolto a chiamare ispettore quella brava ragazza, più giovane della sua figlia maggiore. «Non ha torto del tutto, Amédéo. Non è facile trattare con quei delinquentelli!» Imbarazzato, aggiunse: «Non è lavoro da donne!»

«Allora cos'è lavoro da donne?» domandò Mary, aggressiva.

«Be', non saprei... Ad esempio, mia figlia è professoressa di francese...» Le Moal era molto fiero della figlia.

Allora Mary si raddolcì e si avvicinò allo sportello, dietro il quale il brigadiere sembrava in gabbia. «In Polizia, Le Moal... Qual è un lavoro da donne in Polizia?»

A disagio, Le Moal balbettò: «Be'...»

«Non lo sa, vero? Be', neanch'io! Dopotutto, forse non c'è lavoro da donne in Polizia!»

«Non ho detto questo, signorina», protestò debolmente Le Moal.

«È vero, non l'ha detto. Sono io a constatarlo e lo

constato tutti i giorni. Il barbone annegato? Un incidente, una morte naturale! Lasci perdere, Lester! Il signor Sallabert è scomparso? È semplicemente scappato, piccola mia! Marc Amédéo, il grande Marc Amédéo, s'incarica di persona dell'indagine! Neanche le macchine rubate dai teppisti e i tentativi di effrazione sono per l'ispettore tirocinante Lester». Mary scrutò il brigadiere negli occhi. «Allora Le Moal, mi dica... Cosa resta all'ispettore tirocinante Lester?» Poi, dato che il povero brigadiere abbassò lo sguardo, e per buone ragioni, ironizzò: «Ecco, vado a indagare sulle vesciche alle mani dell'ispettore capo Amédéo!»

Per nulla dispiaciuto di cambiare argomento, Le Moal scherzò: «Vesciche alle mani di Amédéo? È sicura di aver visto bene, signorina?»

«Abbastanza! Ho avuto la sua zampa davanti alla faccia abbastanza a lungo per poterla ammirare!»

«Può darsi che dopotutto si sia dedicato al bricolage», commentò Le Moal, dubbioso. «Forse per questo è di cattivo umore...»

«Chissà...» In tono più professionale, Mary domandò: «Sa dove si trova il furgone dell'incidente?»

«Quale? Quello dei teppisti?»

«Sì.»

Le Moal consultò il registro. «È stato rimorchiato all'officina Renault.»

«Perfetto! Grazie, Le Moal.» Mary s'incamminò verso l'uscita, seguita con lo sguardo dal brigadiere, il quale, perplesso, sembrava chiedersi che cosa stesse ancora architettando. Poi spinse la pesante porta metallica con vetro antiproiettile e finalmente uscì.

L'acquerugiola continuava a cadere, attenuando i contorni delle case grigie. Mary Lester aspirò una gran boccata d'aria satura d'acqua. Giacché era stata cacciata dalla sua stessa stazione di Polizia, se andò a passeggiare, non importava dove: magari all'officina Renault.

4

Il furgone incidentato era stato spinto nell'angolo di un cortile già abbondantemente ingombro di relitti d'ogni genere. Era un Renault Trafic color beige con tettuccio rialzato e la scritta CENTER-MARCHÉ LANESTER a grandi lettere azzurre sulle fiancate. La parte anteriore destra era distrutta e il sedile del passeggero scardinato. Francis Le Gwen se l'era cavata senza un graffio, però doveva essere rimasto stordito perché gli sbirri avevano dovuto estrarlo dal veicolo.

Nel passare alle spalle di Mary Lester, un operaio chiese, beffardo: « Vuole comprarlo? »

Cascava male, perché Mary non aveva nessuna voglia di scherzare. Era stufa di tutti i rompipalle che si sentivano autorizzati a deriderla soltanto perché donna. Così sfoderò la tessera come se fosse una Colt: « Polizia! »

Quella parola faceva sempre effetto e il meccanico si fermò, interdetto. «Oh, scusi...»

«Ha esaminato questo furgone?»

«No, non sono io che me ne occupo. È...»

«Non ha importanza», lo interruppe Mary. «Può dirmi se qualcuno l'ha manomesso per farlo partire?»

«Si può sempre controllare...» L'operaio aprì la portiera dalla parte dell'autista e si curvò sotto il volante. «Non è stato manomesso», dichiarò, raddrizzandosi. «I fili elettrici sono intatti.»

«Ne è sicuro?»

«Sì, certo. Guardi lei stessa. D'altronde, perché mai qualcuno avrebbe dovuto manometterlo? Le chiavi sono lì!»

Dunque Le Gwen non aveva mentito a tal proposito.

Perplesso, il meccanico guardò Mary senza capire. «Posso esserle utile in qualche altro modo?»

«No, è tutto. Grazie.»

Nell'allontanarsi lentamente, il meccanico si girò due volte, continuando a non capire.

Mary ispezionò il vano posteriore del furgone, in cui si poteva stare tranquillamente in piedi. Il pianale era rivestito di compensato. Nessuna traccia di segatura, né di corteccia. Dunque Antoine Sallabert non lo aveva usato di recente per trasportare legna. Tuttavia si scorgevano tracce grigie, forse di cemento, più precisamente di colature di cemento fresco che si erano seccate, e anche graffi sul compensato, nonché un cerchio rugginoso, come se un pesante oggetto cilindrico fosse stato messo proprio lì. Era tutto. Per il resto, il furgone era vuoto...

«Allora, ispettore tirocinante Lester, cosa deduce da questo controllo?»

Strappata alle sue riflessioni da quella voce sgradevole, Mary trasalì. Ancora Amédéo! Quanto lo detestava!

Non era contento, l'ispettore capo Amédéo, non era affatto contento. Chi gli aveva affibbiato quella cretina rompicoglioni che ficcava il naso ovunque? Di sicuro non si espresse così, però lo pensava, e lo pensava con una tale intensità che si vedeva, glielo si leggeva inequivocabilmente sul viso corrucciato. Con tanta violenza da rischiare di spezzarlo, strinse un righello tra le dita ingiallite di nicotina e picchiò fragorosamente il pugno sulla scrivania.

Di fronte a lui, Mary Lester si ergeva impettita in tutta la sua altezza, fissandolo senza batter ciglio e senza la minima cordialità, sicura di essere nel giusto. Insomma, cos'aveva fatto di male nell'esaminare il furgone rubato? Poteva anche essere inutile, ma... Provocare un tale accesso di furore? Era inspiegabile!

Appena lei se ne fosse andata Marc Amédéo avrebbe maledetto tutto il genere umano di sesso femminile e in particolare le brave donne che volevano fare le poliziotte, nonché, per buona misura, tutti coloro che avevano avuto la sventurata idea di aprire la professione alle persone di tal sesso, e avrebbe preso a testimone il piantone, che servilmente avrebbe riso.

Con voce glaciale, Mary dichiarò: «Non penserà mica che io mi sia laureata in Legge e abbia frequentato la scuola di Polizia al solo scopo di battere a macchina in un commissariato di quartiere?»

Stancamente, Amédéo posò il righello sulla scrivania. Sfogato l'eccesso di bile, poté parlare quasi con calma, almeno, si sforzò di farlo. Posò le palme sul sottomano e guardò Mary negli occhi. «Ascolti, piccola mia, che cosa ce ne può mai fregare che quel furgone di merda abbia trasportato un sacco di cemento e un fusto metallico, oppure carote o rape o tutto quello che vuole lei? Mi dica un po', che cosa ce ne può mai fregare? È la carretta di un grande magazzino che avrà trasportato tutte le merci esposte sugli scaffali. Se ne volesse fare l'inventario, ci vorrebbe un sacco di tempo. E per tornare alla domanda iniziale, dove ci condurrebbe tutto questo?»

«Forse a nulla», si ostinò Mary. «Tuttavia non capisco per quale motivo lei si sia infuriato tanto per il fatto che sono andata all'officina Renault a esaminare il furgone.»

«È stata una perdita di tempo», ribatté Amédéo. «C'è ben altro da fare!»

«Parli per lei. Lei si occupa del barbone, si occupa dei teppisti, si occupa della scomparsa di Sallabert...» Mary non aggiunse ciò che avrebbe voluto aggiungere: «E le piacerebbe molto consolare la piccola signora Sallabert. Ma è troppo vecchio, troppo brutto e troppo mediocre! Non ha alcuna possibilità!» Però sarebbe stato troppo. Probabilmente era vero, ma non sempre è un bene dire la verità. Così aggiunse: «Comunque nel furgone avremmo dovuto trovare la motosega di Antoine Sallabert!»

«Ah! Dunque cercava la motosega?» All'improvviso Marc Amédéo sembrò sollevato. «Ebbene, si rallegri, ragazza mia! La motosega è stata ritrovata!»

«Ah sì?» Mary era tutta orecchi. «E dove?»

«In una porta. Si figuri un po'!»

Mary scrutò Amédéo. Stava forse cercando di prenderla in giro ancora una volta?

Invece no. In tono infinitamente faceto, come se allora si divertisse, Amédéo proseguì: «Sì, signorina Lester. La motosega è stata ritrovata nella porta della casa che il suo piccolo protetto e il suo gruppo di angioletti hanno tentato di svaligiare. Non avevano le chiavi e la porta di quercia era spessa otto centimetri. Non importa! Sono tipi rudi, che non si lasciano impressionare per così poco. Quattro colpi di motosega, e via! Niente più ostacolo! Però la motosega è rumorosa, e nel cuore della notte ancor di più che di giorno. I vicini si svegliano, ci telefonano, e il resto lo conosce. È soddisfatta?»

Mary scrollò le spalle. «Comunque continuiamo a non sapere che cosa sia successo ad Antoine Sallabert!»

Amédéo sollevò le braccia al cielo. «Ah, ecco! Antoine Sallabert è scomparso! Pensa che tutti lo credano scomparso?»

«È lei quello che sa tutto!» ribatté Mary.

«Ma no, piccola mia!» Amédéo si toccò il naso. «Ho fiuto, fiuto di sbirro, e vent'anni di esperienza. Sono pronto a scommettere che se Francis Le Gwen ci dicesse la verità, scopriremmo che lui e i suoi compari hanno trovato il furgone alla stazione oppure all'aeroporto...»

«Invece ha detto...»

«Lo so! Ha detto che lo hanno trovato nel parcheggio del ristorante sulla strada del ponte di Bonhomme... Io però non lo credo affatto. Indori pure la pillola quanto vuole alla piccola signora Sallabert... Per me, suo marito ha tagliato la corda. E si tolga quell'espressione, piccola mia! È scappato con un'altra donna! Succede tutti i giorni.»

«Ma se non ha preso neanche un vestito!»

«E allora? Cosa dimostra questo? Forse aveva già fatto i bagagli e li aveva lasciati in ufficio o altrove! Invece di andare a tagliar legna, come ha detto alla moglie, è passato a prenderli, poi si è cambiato nel furgone e ha preso un aereo, oppure un treno, che è ancora più anonimo, e se n'è andato a Parigi, e da lì può essersi recato ovunque nel mondo. Ha dovuto stipulare un'assicurazione sulla vita a beneficio della moglie, un colpo classico, e tra sei mesi, un anno, tre anni lo si troverà alle Galapagos, o alle Tuamotu tutto innamorato su una calda spiaggia sabbiosa. O forse non lo si troverà mai perché è stato più furbo degli altri. È una cosa che si è già vista e che si vedrà ancora...»

«È disgustoso!» commentò Mary Lester.

«Ma no! È la vita!» rispose Amédéo, più calmo. «Sa quanta gente scompare in Francia ogni anno? E sono persone che non hanno più motivi di sparire di quanti ne avesse Sallabert. Non lo sa? Sono venticinquemila! Venticinquemila individui, maschi e femmine, che svaniscono così... *Puf!* E nessuno li trova mai più. Ebbene, il suo Sallabert è solo uno dei tanti!»

«Ma sua moglie è così affascinante!» protestò Mary.

«Certo che è affascinante! Vista dall'esterno è assolutamente incantevole. Ma chi le dice che nella vita di tutti i giorni non sia tediosa come la pioggia? Chi lo dice? Noi non ne sappiamo niente! E lei è nubile, piccola mia, quindi non sa quanto è fortunata! Anch'io ho una moglie incantevole, eppure, talvolta... talvolta... È così!» Amédéo sembrò smarrirsi in un sogno a occhi aperti. Si passò una mano sulla fronte e sospirò stancamente. «Adesso mi lasci, piccola mia. Ho da fare.»

Così Mary si era ritrovata nell'atrio del commissariato. Il brigadiere Le Moal sedeva nella guardiola, con sulla punta del nasone il minuscolo paio di mezzi occhiali per «vedere da vicino», come diceva lui stesso. In quel momento era impegnato in un cruciverba che sembrava particolarmente difficile. Guardando al di sopra degli occhiali chiese con gentilezza a Mary: «Tutto bene, signorina?»

«Ma benissimo, Le Moal! Benissimo! Non so cosa gli ho fatto! Quell'uomo è un autentico misogino, parola mia!»

«Dev'essere colpa del suo brutto matrimonio», osservò in confidenza Le Moal, con tono di esperto. Si sporse a scrutare i corridoi di qua e di là per accertarsi di essere solo con Mary, poi chiese sottovoce: « Conosce sua moglie? »

« No, non l'ho mai vista. »

« È una gran bella donna. » Con un gesto delle mani Le Moal disegnò nell'aria la sagoma di una donna formosa. « Sembra che abbia vent'anni meno di lui. Sembra anche che... » Divertito, si mimò con gli indici un paio di corna sulla fronte.

Mary Lester scoppiò a ridere. « Il macho Amédéo... cornuto?! »

Le Moal annuì. « E lo sa bene. Se è di così pessimo umore, deve averla colta in flagrante. Secondo me è intrattabile proprio per questo. » E, come per scusare il comportamento del suo capo, aggiunse: « Bisogna mettersi nei suoi panni! »

Mary scoppiò di nuovo a ridere. « Grazie, ma non ci tengo proprio! »

Senza cogliere l'ironia della risposta, Le Moal concluse: « A parte questo, non è cattivo ».

Mary uscì dal commissariato e montò sulla sua piccola Austin. Dunque Amédéo era un cornuto... Stranamente, la notizia le faceva piacere. Si sentiva vendicata, vendicata da un'altra donna, una donna che non conosceva. Durante il giorno Marc Amédéo era stato così odioso che avrebbe voluto spaccargli la faccia. Ecco, le sarebbe piaciuto sperimentare su di lui ciò che aveva imparato frequentando il corso di combattimento corpo a corpo della scuola di Polizia. Purtroppo c'erano cose che non si potevano fare...

Con la piccola Austin comprata con i primi stipendi, Mary correva per le strade deserte di Lanester. Prima di entrare in Polizia aveva lavorato in uno studio legale. Forse avrebbe dovuto continuare fino all'avvocatura, o magari la magistratura. Non le sarebbe dispiaciuto diventare giudice minorile.

Avvocato, giudice... eccole, le professioni rispettabili! A tutti prima o poi era capitato, alla vigilia di un processo clamoroso, di sentire alla radio o di vedere alla televisione gli imputati proclamare con la mano sul cuore e il mento fieramente proteso: «Confido nella giustizia del mio Paese!»

Invece nessuno aveva mai sentito dire: «Confido nella Polizia del mio Paese!»

Si poteva forse confidare nella Polizia? Era forse affidabile, un individuo collerico come Marc Amédéo?

Mary frenò dolcemente. Senza accorgersene era arrivata a Kerhervy, un luogo che amava molto, in fondo a Blavet, con un teatro all'aperto, cinto di pali di legno, con gradini erbosi e il palcoscenico a livello dell'acqua. Alcuni grandi alberi erano stati abbattuti dalla terribile tempesta d'ottobre. Era dunque là che Antoine Sallabert intendeva recarsi a far legna. Lungo la riva emergevano dall'oceano le carcasse lignee di vecchi pescherecci che imputridivano nella melma.

Durante la bella stagione la località era molto frequentata. Vi si facevano bagni, picnic, canottaggio. Il cielo si riempiva di canti d'uccelli, stormire di foglie, grida di bambini.

In inverno era un deserto, eppure Mary amava recarvisi. Alcuni lo avrebbero trovato mortalmente lugubre. Lei invece lo trovava romantico, con i cormorani che asciugavano le penne nere sugli scheletri dei bastimenti, immobili, con le ali spiegate, come crocifissi. Al crepuscolo, le impalcature alle quali si appendevano i riflettori e gli altoparlanti nelle sere delle rappresentazioni sembravano torrette di sorveglianza, e conferivano al teatro verde una sinistra aria di cimitero.

Mary avanzò di qualche passo sul greto. Era bello, con il mare, le alghe, il bosco... Salì sul palcoscenico trascurato da mesi. Nonostante i lavori in corso, il cantiere sembrava abbandonato da lungo tempo. Probabilmente avrebbe riaperto in primavera. All'imbrunire, Mary notò al suolo una chiazza chiara, grigia, e si curvò a toccarla... Era ancora fresca, era... cemento!

Scossa da un tremito violento, si rimise in piedi in

preda a una veemente emozione, pervasa di subitanea angoscia. Il romanticismo era del tutto scomparso. Sotto le funebri impalcature, le carcasse delle tonniere sembravano castelli in rovina infestati di gnomi malefici.

Allora Mary corse alla Austin, vi si infilò e sbatté la portiera. Si affrettò ad avviare il motore a tastoni e la dannata chiave non voleva entrare... Infine il motore frullò, i fari illuminarono la strada, la retromarcia maltrattata grattò: Mary ritrovò un universo familiare, l'odore di cuoio dei sedili, la cassetta di Mozart e si calmò.

Non era cambiato niente. Come sempre, non c'era un'anima. Mary filò verso le luci della città ridendo del proprio terrore.

Mary Lester corse alla ventura per le strade di Lanester. Aveva abbassato il finestrino e l'aria dolce e umida le giovava. Perché aveva reagito così male dinanzi a quella macchia di cemento? Perché le sue angosce infantili erano riemerse brutalmente, i terrori che l'assalivano di notte nella sua cameretta quando la luce era spenta e al chiarore della luna il grande regno del giardino diventava un mostro fantastico e le tende scosse dal vento si trasformavano in fantasmi...

Superato l'Arsenale, costeggiò il lungo muro grigio

coronato di filo spinato, dimenticando che la strada cieca terminava in prossimità dell'ingresso del cantiere, dove una sentinella veglia dinanzi al cartello ZONA MILITARE. VIETATO L'ACCESSO.

Le officine erano vuote. Regnava ancora una certa animazione all'osteria Chez Marie-Thé dove tra « colleghi » si beveva l'ultimo bicchiere prima di rincasare.

Nella via stretta Mary eseguì a fatica un'inversione sotto lo sguardo beffardo della sentinella che commentava con qualcuno di invisibile. Poi proseguì senza fretta seguendo le strade che le si aprivano dinanzi.

Ecco di nuovo lo Scorff, i pali conficcati nella melma, il luogo in cui Aimable Maugracieux aveva trovato lo sventurato Toutousse.

Da quanto erano là, quei pali? Alcuni dovevano essere più che centenari, altri erano classificati « monumenti storici ». Perché? Comunque li si fosse catalogati, il mare si sarebbe incaricato della loro scomparsa: il mare eterno, con l'eternità schiusa davanti a sé. Flusso e riflusso si sarebbero susseguiti, ancora e ancora, e poi quelle vestigia della vecchia marina se ne sarebbero andate con la marea, ultimi ricordi di un'epoca in cui i bastimenti erano in legno e navigavano ubbidendo ai venti.

Soltanto alcuni eruditi rammenteranno che lì la Compagnia delle Indie aveva costruito, in un'epoca in cui non esisteva nulla, se non terra e fango, un formidabile naviglio di dimensioni inaudite, lungo duecento piedi, per commerciare con le Indie, perciò battezzato *L'Orient*, nome che sarebbe stato conservato dalla città fondata in quella landa.

Sulla riva opposta del fiume, la grande città accendeva le sue luci. Con i piloni in pietra a sostenerlo e la sua ossatura metallica dalla geometria regolare, il ponte della ferrovia sovrastava l'estuario, e si faticava a scorgere alla fonda nel canale qualche bastimento da guerra, il cui grigio regolamentare si fondeva al grigiore circostante.

La piccola vettura giunse al ponte. Un treno correva verso Parigi con fragore metallico. Attraverso i finestrini illuminati si scorgevano come ombre cinesi le sagome dei viaggiatori. La sua luce rossa si allontanava nel crepuscolo, poi si diffuse il silenzio.

Da quindici giorni l'accesso alla passerella metallica che costeggiava la ferrovia era interdetto mediante barriere illuminate da lanterne che segnalavano i lavori in corso per riparare il parapetto usurato.

Possibile che esistesse una connessione tra i lavori e la morte del barbone? Questi abitava nelle vicinanze, in una casamatta della seconda guerra mondiale, tra rue Camille Pelletan e il muro dell'Arsenale. Aveva una villa sulla riva del mare, Maurice Toussaint, con vista panoramica sul greto melmoso, una fogna che vomita torrenti d'acqua schiumosa, un sordido giardinetto ornato di vecchi sacchi di plastica da imballaggio, strano fogliame multicolore attaccato agli alberi dal vento, qualche ratto...

Aveva sicuramente ragione, Amédéo. La morte del barbone era stata accidentale. Mary Lester immaginò la scena: Maurice Toussaint aveva raccolto le sue lumache di mare e per andare a venderle a Lorient si era servito di giorno del ponte della ferrovia, come al solito, senza tener conto del divieto d'accesso. La notte aveva ripercorso il medesimo tragitto, era scivolato, caduto in acqua...

Era l'ipotesi più plausibile, la più logica. Eppure Mary non riusciva a trovarla convincente, proprio come non riusciva a trovare convincente la supposizione formulata da Amédéo per spiegare la scomparsa di Antoine Sallabert. Cercava di riflettere con lucidità: avrebbe nutrito i medesimi dubbi se il ragionamento le fosse stato proposto da un collega simpatico? No. In tutta sincerità dovette riconoscere che la violenta antipatia suscitata in lei da Marc Amédéo non era affatto estranea al suo scetticismo.

Sarebbe stata felice di dimostrare a quel cocciuto idiota arrogante che aveva torto, e che Antoine Sallabert non era necessariamente uno stronzo che aveva abbandonato moglie e figli per andare in cerca di avventure galanti. D'altronde, era possibile che Sallabert disponesse di denaro sufficiente per agire così? L'ipermercato non gli apparteneva. Ne era il direttore, però era soltanto un dipendente. Era possibile che in un periodo di grave disoccupazione avesse abbandonato così il proprio lavoro? No, era assurdo!

Mary Lester sentiva ancora la voce di Marc Amédéo, il macho cornuto (gli stava bene!): «Aveva già fatto i bagagli e li aveva lasciati in ufficio... Si è cambiato nel furgone e ha preso un aereo, oppure un treno...»

Immaginò il dialogo che sarebbe potuto seguire, le proprie repliche definitive scagliate contro Amédéo: «Ma allora, capo, se si fosse cambiato nel furgone avremmo dovuto trovare la tuta, gli stivali... E non mi dica che se li è portati a Tahiti per pescare nella laguna!»

Immaginò il suo superiore innervosirsi perché non tollerava di essere contraddetto. Nel suo cervellino di sbirro ottuso, una subordinata che obiettava era praticamente un'insubordinata, e se per giunta era una tirocinante, e una donna... Bisognava rispondere in maniera secca, sottolineando l'argomentazione con un gesto deciso: «Glieli avranno fregati! Il furgone non era chiuso a chiave, perciò poteva entrarci chiunque. Stivali, tuta... al giorno d'oggi si ruba di tutto! »

Nel dialogo immaginario, Mary Lester rispose soavemente: « Senza rubare la motosega? »

Allora vedeva Amédéo increspare le sopracciglia folte e cespugliose. « Cosa? »

Pacata, come se parlasse a un bambino ritardato, Mary spiegava: « L'eventuale ladro ruba un paio di stivali e una tuta da lavoro, che non sono necessariamente della sua taglia, e lascia la motosega, che vale dieci volte di più? È del tutto illogico, capo! » E subito sentiva che Amédéo stava per diventare volgare, perché era a corto di argomenti e non ne era affatto contento.

« Non stia a rompere, Lester! Lei finisce sempre per rompere! Spacca sempre il capello in quattro! Può anche darsi che quel bastardo abbia gettato tuta e stivali fuori del furgone! »

E Mary Lester ammetteva docile: « Sì, capo, è possibile, anzi, è quello che avrebbe dovuto fare. Perché non l'ho pensato subito? »

Incattivito, Marc Amédéo la guardava di traverso, chiedendosi se per caso quella fottuta ragazza non lo stesse prendendo in giro.

Intanto Mary aveva risalito il terrapieno del ponte e montò sulla passerella metallica, che vibrava sotto i suoi passi. Evitò di guardare in basso perché senza parapetto non era affatto rassicurante. Infine s'agganciò a una longherina e si sporse. La marea montava sulla melma, lambendo alcune barche in secca. Una bottiglia di plastica vuota filava via come un panfilo in miniatura. L'inquinamento era ovunque. Ci si sbarazzava delle proprie porcherie in qualsiasi modo. La discarica pubblica era troppo lontana e il luogo, lì, era deserto. Così ci si accostava con la macchina a marcia indietro, si apriva il bagagliaio, nessuno vedeva niente, e via in mare le scorie della società dei consumi!

Si scorgevano una rete metallica corrosa, con le molle come viscere malate, il fianco di una cucina economica smaltata di bianco, un grosso fusto metallico, alcuni pneumatici. La natura, buona, avrebbe inghiottito tutto nella fanghiglia nera e tutto avrebbe decomposto, a poco a poco. Aveva tempo, la natura: l'eternità le apparteneva!

Lo stesso Toutousse era una sorta di rifiuto della società. Era caduto in acqua, idrocuzione o annegamento, come si preferiva ipotizzare. L'alta marea aveva spinto dolcemente il cadavere verso il ponte Saint-Christophe, poi era ritornata al suo ritmo immutabile: sei ore di flusso, sei di riflusso. Era così dall'inizio dei tempi e non esistevano motivi per cui dovesse cambiare.

Toutousse ne aveva avuto abbastanza e con la tracolla della bisaccia si era ormeggiato a un palo secolare, là dove Aimable (nome inadatto) Maugracieux (cognome adatto) lo aveva trovato, con suo gran dispiacere.

Mary Lester aveva iniziato male la nottata. Aveva sognato cemento, cormorani giganteschi, strani volatili con mascelle di pterodattilo e occhi enormi che la fissavano sgradevoli, con bramosia, come gli avvoltoi appollaiati sui cactus messicani che nei western guatavano il cadavere di un impiccato.

Poi la sua stanza era stata invasa da torrette di sorveglianza, neri pali di legno che evocavano una crocifissione, filo spinato elettrificato con alta tensione... E uomini annegati, un'infinità di annegati, con gli occhi incavati brulicanti di lumache di mare... E l'imbecille che sbraitava con tutta la sua voce: «Allora, ispettore Lester, cosa deduce da questo controllo?»

A un tratto Mary si destò, ansimante e sudata per l'angoscia, balbettante, ancora immersa nel proprio incubo: «Nulla, capo! Nulla!»

La luce rosea della lampada da notte le restituì la calma. Aveva la gola così secca che bevve l'uno dopo l'altro due gran bicchieri d'acqua, poi sprimacciò il guanciale ancora umidiccio e si sedette sul letto. Minuto per minuto rivisse la giornata trascorsa, una giornata sgradevole che avrebbe rammentato a lungo. Si stava tormentando, con l'impressione di aver trascurato un elemento essenziale, di aver sfiorato qualcosa di decisivo e d'illuminante. Ma cosa? Il problema rimaneva irrisolto.

Alla fine prese un sonnifero e sprofondò in un sonno pesante.

Mary Lester si recò al commissariato senza fretta. Il sedativo aveva agito oltre ogni sua speranza, tanto che non aveva sentito suonare la sveglia. Naturalmente Amédéo si sarebbe esaltato a coglierla in fallo. Ma lei se ne fregava, di Amédéo.

E senza dubbio lui si sarebbe dilettato con allusioni salaci, discorsi osceni sulle «notti tumultuose», sulle «follie alle quali le giovani donne abbandonano il loro corpo», e Mary gli avrebbe risposto a tono, anche se detestava farlo, perché sapeva che lo avrebbe fatto diventare verde di rabbia: «Ah, signore, i veri uomini stanno diventando così rari, che quando ci si imbatte in una buona occasione bisogna approfittarne. Non è forse vero?»

Dopotutto, cosa gliene poteva mai fregare del suo ritardo, ad Amédéo, visto che la esortava a non occuparsi di niente? «La morte del barbone? Lasci perdere, Lester: un incidente! La scomparsa di Sallabert? Una banalissima fuga, e d'altronde me ne occupo io. L'interrogatorio dei teppisti? Lei non li sa prendere, Lester, perciò lasci fare agli uomini! »

« Allora che cosa resta alla piccola Lester? Dica un po', capo, che cosa le resta? »

« Ma le statistiche sulla delinquenza nel primo semestre, piccola mia! Sono certo che farà benissimo con le percentuali, e poi anche con un grafico, che di sicuro avrà una curva discendente. In materia di delinquenza, il ministro adora le curve discendenti! »

Poteva anche darsi, però Mary Lester non le sopportava, né le curve né gli inchini. Non amava il lavoro d'ufficio! Non amava quel commissariato che puzzava di sudore, di piedi e di vino acido. Era nauseata da quell'odore di miseria. Non era entrata in Polizia per fare la segretaria, altrimenti sarebbe rimasta nello studio di quell'avvocato. Là, se non altro, le scrivanie erano davvero tali, persino lussuose, i colleghi erano rispettosi e nessuno l'aveva mai sminuita soltanto perché donna. Inoltre, il salario era migliore.

Allora, Mary Lester, la scuola di Polizia? E il duro addestramento al corpo a corpo, alla guida veloce, al tiro con le armi da fuoco... Tutto quello per niente?

Eh sì, proprio per niente. Doveva essere stata masochista, la piccola Mary, quando aveva scelto quel fottuto mestiere!

Il brigadiere Le Moal uscì ballando dal commissariato. Aveva appena terminato il turno di notte. Indossava le scarpe nere e i pantaloni dell'uniforme, mentre aveva lasciato nell'armadietto il berretto e la giacca. Non sempre andava bene servirsi dei trasporti pubblici in uniforme da sbirro. Salutò Mary: «Buongiorno, signorina».

«Buongiorno, Le Moal. C'è Amédéo?»

«No, non è ancora arrivato.»

Ah, pensò Mary, sollevata. «Nulla di speciale durante la notte, Le Moal?»

«Nulla, signorina.»

«Torna a casa?»

«Eh, sì. Vado a prendere l'autobus.»

«L'accompagno io, Le Moal.»

«Oh...» protestò Le Moal. «Allora sono ancora in servizio, vero?» chiese, soffocando uno sbadiglio.

«Si rassicuri, non ne avremo per molto. Conosce Kerhervy?»

«Sì, certo! Ci vado in estate con mia moglie e i bambini. Per un picnic, a giocare a bocce... E in inverno per allenarmi: c'è un tiro a segno...»

«Lei tira bene, Le Moal?»

Il brigadiere scoppiò a ridere. «Faccio schifo, signorina! Intendo con la rivoltella, perché a bocce, invece...»

Risero entrambi.

«Non va bene per uno sbirro», commentò Mary, con simulata severità.

Di nuovo il brigadiere scoppiò a ridere. «Per il lavoro d'ufficio non occorre essere Buffalo Bill!»

Ancora una volta Mary rise con lui, poi tornò seria. «Le voglio rivelare un segreto, Le Moal. Devo verificare una cosa a Kerhervy e mi piacerebbe essere accompagnata da un uomo.»

«Ah, per via degli zingari!»

«Zingari?» Mary aggrottò la fronte. Rammentava di aver visto, in effetti, alcune roulotte presso una discarica pubblica, e si affrettò ad aggiungere: «Sì, proprio per via degli zingari».

«Non sono cattivi», assicurò Le Moal, serio. «Nondimeno non si può mai stare tranquilli con gente del genere. L'accompagno, signorina.»

5

Mary guidava veloce e accanto a lei Le Moal riempiva tutto il sedile. Evidentemente la piccola automobile non era progettata per passeggeri tanto corpulenti. Così, quando lei si fermò presso il teatro all'aperto, lui smontò con difficoltà e non senza sollievo.

La scena era sempre la stessa, immutabile. I vecchi pescherecci in parte sommersi non si erano spostati di un pollice, come pure i cormorani, a quanto pare. La presenza del brigadiere rassicurava Mary. La chiazza di cemento era sempre lì, però sembrava aver perduto il suo potere malefico. Non era niente più che una banale chiazza di cemento come se ne vedevano ovunque. Nel mucchio di sabbia eroso dalle piogge rimanevano tracce di badile assai recenti. Si vedevano anche profonde impronte di ruote nel terreno impregnato di pioggia.

Mary Lester si sfilò di tasca un metro a nastro. «Tenga, Le Moal, mi aiuti. Vorrei misurare la distanza tra le ruote.»

«Ah sì?» chiese Le Moal, statua vivente della perplessità.

«Posi il metro al centro dell'impronta della ruota. Ecco: un metro e cinquantadue. Perfetto! Ora possiamo andare, Le Moal. È tutto.»

«Ah, bene», rispose il brigadiere, docile. «Se è tutto, allora andiamo!»

La vettura procedette lentamente sul terrapieno scavato dai solchi.

All'improvviso Mary frenò. «Cos'è quella specie di capanna, Le Moal?»

A strapiombo sull'insenatura, immersa tra la vegetazione, si scorgeva una sorta di capanna da giardino dipinta in verde pallido, brutta come più non era possibile.

«È la baracca di Fanch Le Dantec», rispose Le Moal. «Ah, è una storia famosa! Una quindicina d'anni fa è stata al centro della cronaca». Invitato dallo sguardo curioso di Mary, proseguì: «Fanch Le Dantec era un operaio dell'Arsenale, un rosso, un violento, delegato sindacale. Una quindicina di anni fa ha iniziato a costruire quella casetta, di nascosto, e soprattutto senza chiedere alcun permesso, che di sicuro gli sarebbe stato negato perché si tratta di un'area protetta. D'altronde, se ha potuto avere il terreno per poco è proprio perché non è edificabile. Com'era prevedibile, ha ricevuto l'ordine di distruggere la costruzione. Però, forte della sua posizione all'Arsenale, lo ha ignorato. L'amministrazione non ha ceduto e lui, abilmente, ha portato il conflitto sul terreno che gli è più famigliare, cioè quello delle lotte sociali. All'Arsenale ha pronunciato un discorso infervorato: "Se fosse stato un ricco a costruire una baracca di trecento mattoni, lo avrebbero lasciato tranquillo. Invece se un operaio si costruisce con le sue stesse mani una casetta per la vecchiaia, esigono la sua testa!" Su questi argomenti, i colleghi del sindacato gli davano man forte: "Attraverso Le Dantec si vuole arrivare al sindacato!" Lei conosce l'importanza economica dell'Arsenale... Come si dice qui, quando l'Arsenale starnutisce, tutto il paese prende il raffreddore...»

«Allora?»

«Allora la faccenda è arrivata alle alte sfere, fino al ministero. Il clima sociale non era dei migliori e talvolta le piccole cause producono grandi effetti. Valeva forse la pena scatenare l'ira di una regione intera per una misera casetta? Il prefetto ha deciso di aspettare...»

«E così hanno aspettato.»

«Già. Hanno aspettato. Le Dantec era prossimo alla pensione e tutti pensavano che una volta pensionato avrebbe perso prestigio. Non era questione che di un anno. Comunque non è stato necessario aspettare tanto. Sono passati tre mesi, e il 20 novembre, nel tornare dal lavoro in motorino, Le Dantec è stato investito da un autocarro ed è morto sul colpo.»

«Che memoria, Le Moal!» commentò Mary.

«Be', non ho alcun merito», rispose modestamente il brigadiere. «Me ne ricordo bene perché quel giorno ero in servizio: 20 novembre, Santa Margherita, onomastico di mia moglie. Di solito festeggiamo in famiglia, ma quella sera sono rincasato tardi per via dell'incidente.»

«Così Le Dantec è morto», concluse Mary Lester. «E la casetta?»

«Non lo so. L'amministrazione non ha ancora provveduto in alcun modo, e poi gli amici di Le Dantec tengono gli occhi aperti. Hanno fatto di quella casetta una sorta di simbolo...»

«Certo... Se ho capito bene, rimarrà indisturbata ancora per qualche tempo.»

«Non è affatto sicuro. È una costruzione leggera, e poi è isolata. La signora Le Dantec ha sporto reclamo due o tre volte. La porta è stata forzata e l'interno è stato saccheggiato. Un giorno sarà schiacciata dal crollo di un albero e nessuno si preoccuperà di ricostruirla.»

Mary fermò l'auto alla base del sentiero che saliva alla casetta e scese.

«Dove va, signorina?» si stupì Le Moal.

Mary scavalcò veloce la staccionata in legno grezzo e salì il sentiero scosceso che conduceva alla casetta. Poi si girò: «Vado a dare un'occhiata. Dall'alto dev'esserci una bella vista».

«Aspetto qui!» gridò Le Moal, con poca voglia di inerpicarsi.

La casetta dominava il braccio di mare da una dozzina di metri. Le finestre erano protette da persiane spesse, la porta massiccia era ben chiusa con una serratura di sicurezza. Davanti all'ingresso l'erba era calpestata, con orme di passi e piccoli buchi come di tacchi, che potrebbero essere stati lasciati, ad esempio, da calzature femminili. Inoltre la serratura era stata lubrificata di recente, così tanto che un eccesso di grasso era colato a lasciare sul legno una traccia unta e lustra.

Era tutto. Dopo avere ammirato il paesaggio, notevole, Mary Lester tornò alla macchina e si rimise al posto di guida. «C'è un gran bel panorama da lassù», riferì a Le Moal. «Anche se la casetta è brutta, abitarvi in estate dev'essere piacevole. Sa se qualcuno la usi ancora?»

«No, non lo so», rispose Le Moal. «La signora Le Dantec non guida e cammina a fatica con l'aiuto di due bastoni perché soffre di artrosi alle anche, o qualcosa del genere, quindi non potrebbe certo salire un sentiero così ripido. Inoltre credo che sia in casa di riposo.»

Mary guidò verso Lanester. «Dove abita, Le Moal?»

«Non si disturbi per me, signorina. Si fermi alla prima stazione d'autobus!»

«Ma no! L'accompagno a casa. Le ho già fatto perdere fin troppo tempo. Oppure sua moglie è gelosa e lei non vuole essere visto in auto con me?»

Le Moal rise. «Quanto a questo, non temo nulla!»

«Comunque le chiedo un favore, Le Moal: non parli a nessuno della nostra piccola gita. Amédéo ce l'ha tanto con me che sarebbe capace di rimproverarmi.»

«Se è solo per questo, signorina, conti pure su di me. D'altronde, sono fuori servizio da un'ora, perciò sono libero di andare a passeggiare dove mi pare e piace, e con chi voglio!»

Quando Mary Lester lo aveva lasciato a due passi da casa, Le Moal pareva aver dimenticato la fatica e sembrava estasiato dell'escursione compiuta insieme a lei.

Poi la piccola Austin si era recata alla casa di riposo, che grondava tristezza come tutti gli istituti che ospitano persone anziane. Si percepiva la morte aggirarsi per i lunghi corridoi in cui la tinta giallo-verdastra si scrostava intorno ai radiatori del riscaldamento centrale regolati al massimo. Donne anziane e trascurate camminavano a piccoli passi con espressione stordita.

La signora Le Dantec ricevette Mary nella sua camera e si accomodò sulla sponda del letto per lasciarle l'unica sedia. «Dunque lei è della Polizia?»

«Sì, signora Le Dantec.»

«Credevo che fosse un'assistente sociale. È ancora per la casetta di Kerhervy?»

«Sì. Se lo aspettava?»

«Non è difficile», rispose l'anziana signora con un sorriso mesto. «Quella casetta non mi procura altro che noie.»

«Non sono qui per procurarle alcuna noia, signora Le Dantec», assicurò Mary Lester, in un tono che sperava risultasse affabile.

«Ah no?» replicò la signora Le Dantec, con una smorfia scettica. «Allora per cosa?» Osservava Mary con diffidenza. Per lei, come per la maggior parte delle persone, « Polizia » era sinonimo di scocciatura, chiunque la rappresentasse, sia una giovane donna affascinante, sia il più rozzo degli agenti.

« Desidero soltanto un'informazione. »

« Ah, a proposito di Kerhervy? »

« Sì. »

Alle pareti erano appese incisioni e fotografie di un'epoca felice passata da lunghissimo tempo. Un individuo vigoroso e baffuto squadrava Mary Lester dall'alto di un ritratto, con il berretto storto, un fazzoletto intorno al collo, i grossi avambracci incrociati sul petto, lo sguardo burbero, senza l'ombra di un sorriso sulle labbra e con un'aria niente affatto conciliante. Mary immaginò che fosse il defunto Fanch Le Dantec, il sindacalista duro e puro. « È suo marito? »

Con la fronte corrugata, guardando al di sopra degli occhiali con la montatura di tartaruga, la vecchia seguì lo sguardo di Mary Lester e confermò: « Sì ». Dopo un breve silenzio aggiunse con voce fioca: « Il giorno in cui ha acquistato quel terreno la nostra tranquillità è finita. Sapeva bene di non avere il diritto di costruire lassù, però non ha mai voluto sentir ragione. Ha sempre avuto un caratteraccio! Ed era testardo! Alla fine, è morto... »

Mary osservò di nuovo la vedova Le Dantec, che doveva avere avuto una vita difficile.

«E poi, non mi piaceva affatto, quel posto...» La signora Le Dantec accennò ai suoi due bastoni appoggiati al letto. «Se ha visto la casetta, capisce... Come avrei mai potuto, nelle mie condizioni, salire quel sentiero di capre?»

Mary vide sul comodino, in una piccola cornice dorata, la fotografia di due ragazzini. «Sono i suoi nipoti?»

La vecchia signora si chinò sulla fotografia e sorrise teneramente. «Sì, signora.»

«A loro piace Kerhervy?»

«Non ci vengono mai. I miei figli lavorano vicino Parigi.»

«Però li vede durante le vacanze...»

«Eh, no. Pensano che qui non ci sia abbastanza sole e vanno in Spagna con il loro caravan. Dopo i funerali del padre non sono più tornati.» La voce della signora Le Dantec lasciava trapelare una patetica rassegnazione. «E cos'hanno fatto questa volta a quella dannata casetta?»

«Nulla, stia tranquilla.» Mary sfilò dalla borsa la fotografia di Antoine Sallabert. «Conosce questo signore?»

La signora Le Dantec si chinò, si aggiustò gli occhiali che le erano scivolati sulla punta del naso e osservò con attenzione la fotografia, poi si raddrizzò con un sorriso imbarazzato. «Sì, in verità l'ho già visto. Non conosco il suo nome. È stato qui circa sei mesi fa. La casetta di Kerhervy era stata svaligiata. I ladri avevano forzato le persiane e avevano fatto parecchi danni. Ne avevano persino scritto i giornali. Non sapevo più cosa fare di quella casetta. Senza aiuto non posso occuparmene e non è vendibile. Quel signore è passato a trovarmi e a chiedermi di affittarla. Mi ha detto che avrebbe provveduto alle riparazioni necessarie e che io non mi sarei più dovuta occupare di niente. Mi ha dato cinquecento franchi e io gli ho consegnato le chiavi. Ecco tutto.»

«Ecco tutto», le fece eco Mary.

«Sì. E ogni trenta del mese trovo nella cassetta delle lettere una busta a mio nome con una banconota da cinquecento franchi.» La signora Le Dantec prese Mary per un polso e chiese con voce implorante: «Dica, signora... Avrò noie per questo?»

«Ma no! Perché mai dovrebbe...»

«Se la Polizia cerca quel signore... Che cosa ha fatto?»

«È scomparso, signora Le Dantec.»

Sembrava che l'anziana signora si aspettasse di tutto, tranne quello. «Scomparso?» chiese, stupita. «A Kerhervy?»

«Questo non si sa ancora. Ieri sua moglie ne ha denunciato la scomparsa. Sono in corso le solite ricerche. Ha forse una copia delle chiavi di quella casa?»

«Sì, le tengo qui.» La signora Le Dantec frugò nel comodino e porse le chiavi a Mary Lester.

«Mi permette di visitare la casetta?»

«Ma certo!»

«Grazie, signora Le Dantec. Eseguirò le verifiche consuete e tornerò a restituirle le chiavi appena possibile.»

L'anziana vedova scrollò le spalle magre. «Non c'è fretta.»

Mary si alzò. «Arrivederci, signora Le Dantec.»

La vecchia signora si mise dritta sulla schiena, appoggiandosi con i pugni sul letto, come per rimettersi in piedi.

«Non si disturbi!» esortò Mary, con un cenno della mano. Poi richiuse dolcemente la porta.

La casetta di Kerhervy era formata da un unico grande ambiente, e l'interno era più grazioso di quanto si potesse temere osservando l'esterno. Aveva le pareti e il soffitto rivestiti di abete chiaro come la cabina di una barca e il pavimento piastrellato, coperto da un grande tappeto ocra e bianco. Un letto matrimoniale in un angolo, un cucinino, una tavola coperta da una tela cerata gialla, un caminetto con una gran cappa in lamiera rivettata, una provvista di legna da ardere.

Il sindacalista doveva avere ricevuto molto aiuto dai compagni per sistemare la sua seconda casa. All'Arsenale lavoravano eccellenti operai in ogni settore.

Il letto era rifatto con cura, e tutto era in perfetto ordine. Sul tavolo, un candelabro d'ottone a sei bracci con candele consumate in parte e una grande scatola di fiammiferi. Accanto all'acquaio, una batteria da automobile alimentava una lampadina che emetteva una luce fioca.

Un vero nido d'amore, pensò Mary: non mi resta che scoprire con chi lo condivideva quel seduttore di Antoine Sallabert, e questo non sarà facile. Il Center Marché aveva almeno un centinaio di dipendenti, senza contare tutti coloro che si presentano ogni giorno a chiedere lavoro. Il direttore attingeva forse a questo vivaio? Era uno di quei padroni che abusano del loro potere per fare conquiste? Aveva una relazione regolare, oppure portava qui soltanto compagne occasionali?

Erano tutte domande che per il momento restavano senza risposta.

Mary uscì e la porta si chiuse alle sue spalle senza

rumore. Al pari della serratura, i cardini erano perfettamente lubrificati.

Il tempo era bello e si vedeva gente a passeggio. Questa volta Mary non aveva provato alcuna paura nel recarsi da sola a Kerhervy.

Pensosa, rimontò in automobile e partì per il commissariato di Lorient, e per le curve statistiche!

Tanto peggio! Le statistiche aspetteranno!

Mary scrisse di getto sul foglio che aveva dinanzi:

– *Un barbone morto annegato.*
– *Un notabile scomparso.*
– *Un furgone rubato e incidentato.*
– *Una seconda casa svaligiata.*
– *Una chiazza di cemento vicino all'acqua.*
– *La traccia di un fusto (?) all'interno del furgone rubato.*
– *Impronte di ruote a Kerhervy.*
– *Una discreta garçonnière per il notabile scomparso.*
– *Un ponte senza parapetto sul fiume Scorff.*
– *Una casamatta.*

Mary sospirò... Che inventario!

Cosa possono avere in comune tutti questi elementi?

Il barbone, il ponte della ferrovia senza parapetto, la casamatta, la rete metallica, la cucina economica, il bidone... Tutto nel medesimo quartiere. Il barbone abitava sotto il ponte, dall'alto del quale era possibile che fosse caduto. La rete metallica, la cucina economica e il bidone erano nel fango sotto il ponte, dove non mancavano certo le schifezze...

Il notabile scomparso aveva un pied-à-terre a Kerhervy.

I teppisti hanno trovato il furgone del notabile sulla strada di Kerhervy.

Il furgone aveva trasportato cemento, come a Kerhervy, e forse un bidone, come sotto il ponte della ferrovia, e impronte di ruote analoghe alle sue erano state rinvenute nei pressi di una chiazza di cemento a Kerhervy...

Comunque si fosse osservata la faccenda, si trovavano sempre gli stessi luoghi: il ponte della ferrovia e Kerhervy, Kerhervy e il ponte della ferrovia...

Perché c'era un bidone sotto il ponte della ferrovia?

Mary balzò in piedi di scatto e si precipitò in corridoio, urtando l'ispettore Berger che passava di lì. Era capace, intelligente e risoluto, Berger. Con lui Mary aveva simpatizzato subito. Era della sua generazione, della *nouvelle vague* della Polizia, più rilassata, meno compresa della propria autorità. Ah, sarebbe stato tutto più facile, se per il tirocinio il commissario divisionale avesse voluto affidarla a Berger!

«Ehi, Mary! Dimmi un po'...» esordì Berger, interdetto. «Hai il fuoco al culo per correre così?»

Era in questo modo che Berger si esprimeva, e Mary non si offendeva. Immersa nelle sue riflessioni, lo prese per un braccio. «Dimmi, Berger... Perché c'è un bidone sotto il ponte della ferrovia?»

«Cosa?» chiese Berger, attonito.

«Un bidone, oppure un grande fusto metallico, se preferisci!»

Berger scoppiò a ridere. «Non lo preferisco affatto! Ma perché vorresti che non ci fossero bidoni sotto il ponte della ferrovia? Sappiamo bene che ci sono bidoni ovunque: per il latte, per l'olio... Al giorno d'oggi si trovano bidoni dappertutto! Persino qui ci sono tipi che sono autentici bidoni!»

Mary lo scrollò. «Piantala di fare l'idiota, Berger! È una cosa seria!»

«Ah, è una cosa seria, allora questo cambia tutto!» replicò Berger, enfatico. «Dunque bisogna porre l'interrogativo a un tipo serio, e qui non ce ne sono molti!» Con la mano sinistra sulla fronte e la destra a sorreggere il mento, Berger finse di riflettere. «Sei fortunata: ne conosco proprio uno che non è lontano... Seguimi!» Tirandosi dietro Mary, si recò da Le Moal, intento al suo cruciverba. «Ecco l'uomo che ci serve! Dica, Le Moal, lei che sa tutto, ci dica perché c'è un bidone sotto il ponte della ferrovia.»

Le Moal increspò le sopracciglia, non meno attonito di Berger poco prima. «Un bidone?»

«Sì, un bidone!» confermò Berger. «Un grosso bidone, un bidone enorme!»

Stupefatto, Le Moal guardò Mary, poi Berger, di nuovo Mary, e decise di sorridere. «Oh, ispettore! Si sta prendendo gioco di me! Cos'è questa sciocchezza?»

«Lo chieda a Mary, che è molto preoccupata. Ha visto un grosso bidone sotto il ponte della ferrovia.»

«Nel canale?» chiese Le Moal.

«Niente affatto», rispose Mary. «È nel fango, non lontano dalla riva.»

«È un corpo morto, signorina», dichiarò Le Moal, placidamente sicuro del fatto suo.

Mary corrugò la fronte. «Un corpo morto?»

«Sì, un ancoraggio per le barche. Da queste parti, per avere un ormeggio sicuro, si usa colare cemento in un vecchio pneumatico o in un bidone, perché con l'alta marea la corrente è terribile!»

«Ma non c'è alcuna barca!» ribatté Mary, sconcertata dall'evidente semplicità della faccenda.

«Sarà uscita in mare», rispose Le Moal, sempre

tranquillo. «Oppure è stata tirata in secca per l'inverno.»

«Ah...» commentò Mary, con voce soffocata.

Berger scoppiò a ridere fragorosamente. «Visto, piccola Mary? È semplicissimo! Basta chiedere a chi è competente! Grazie della spiegazione, Le Moal!»

Anche Le Moal rise. Cosa non andavano a cercare le brave donne!

Poco convinta, Mary si allontanò con Berger, che rideva a più non posso. Furibonda, sbottò: «Piantala di ridere, idiota!»

Berger si bloccò in mezzo al corridoio. «Dopo le domande, gli insulti!» replicò, enfatico. «Signorina, non le permetto...»

Mary lo afferrò per i risvolti della giacca e lo scrollò. «Berger...»

Allora Berger prese a scimmiottare Amédéo: «Cosa vuole ancora, piccola mia?»

Spazientita, Mary batté un piede sul pavimento. «Falla finita, Berger! Voglio far tirare in secca quel bidone!»

«Soltanto questo? E allora?»

«Come si può fare?»

Berger finse di riflettere. «Bisognerebbe prendere una grossa lenza e un grosso amo... Non lo so! Forse inzuppare l'esca nell'olio... La si cala accanto al bidone e forse abbocca! »

Furente, Mary gli tirò un calcio nella tibia. « Imbecille! »

« Ahi! » Berger iniziò a saltellare su una gamba sola. Poi, terminata la danza dello scalpo, ritornò serio per un istante. « Perché t'interessa tanto quel bidone? »

« Non so... È sospetto! »

Berger scosse gravemente la testa. « Dunque hai trovato un bidone sospetto! »

« Sì! » confermò Mary, con convinzione.

« Ah, bene! » Berger scoppiò a ridere. « Una novità rispetto ai sospetti bidoni! » Estasiato della propria battuta, esplose in una risata omerica.

Furiosa, Mary scrollò le spalle. « Perdio, Berger! Piantala di fare così! È una cosa seria! »

« Ma no, Mary, non è affatto seria », ribatté Berger, nel tono che si usa per ragionare con i bambini. « Il fiume è pieno di bidoni. Te lo ha detto anche Le Moal. Cosa vuoi che abbia di sospetto quel bidone? »

« Non ti ho forse detto che il mio bidone è proprio sotto il ponte? »

« Certo che l'hai detto, e più di una volta! E allora? »

« Allora, sulla riva c'è un cartello enorme. E sai, testa di legno, cosa c'è scritto, in rosso e nero su fondo bianco? »

«No, e testa di legno sarai tu! Non so cosa ci sia scritto, in rosso e nero su fondo bianco, sul tuo dannato cartello! Inoltre, me ne frego!»

«Ah, vedo bene che te ne freghi», ribatté Mary, con le lacrime agli occhi. «Voi uomini siete davvero stronzi! Non vale la pena chiedervi aiuto!»

Allora Berger si rese conto di essere stato troppo duro con la piccola Mary, alla quale voleva molto bene. In tono più dolce, riprese: «D'accordo, dimmi cosa c'è scritto in rosso e nero su fondo bianco sul tuo cartello enorme».

Mary tirò su col naso. «C'è scritto: "Cavi ad alta tensione. Distanza 7 metri a valle del ponte. Vietato ormeggiare a meno di 20 metri a valle e a monte".»

«Non capisco...»

«Credi che qualcuno possa essersi ormeggiato a un corpo morto proprio dove c'è il divieto, di fronte all'Arsenale? Credi davvero che ci fosse una barca ormeggiata proprio sotto il ponte? La Polizia marittima non avrebbe tardato a farla rimuovere.»

«Sì, forse hai ragione», concedette Berger, poco convinto. «Alla fin fine, però, non vedo che cosa si possa fare. Devi parlarne con Amédéo. Dopotutto, è lui il tuo mentore, no?»

Furiosa, Mary rientrò in ufficio. Parlarne con Amédéo! Berger e le sue idee! Era proprio l'ultimo con cui aveva voglia di parlarne. Santo cielo, bisognava far ripescare quel bidone! Ma come? E il furgone, quando era andato a Kerhervy? Nella notte tra lunedì e martedì?

6

Mary percorse e ripercorse la strada di Kerhervy. Lungo la strada maestra c'era un cantiere poi, più all'interno, una fattoria isolata. Gli abitanti più vicini erano zingari.

Su un terrapieno fangoso e coperto d'immondizia erano parcheggiate quattro roulotte. Un fuocherello diffondeva un fumo acre, una capra nana legata a un picchetto belava pietosamente, biancheria non troppo linda tentava di asciugarsi appesa a un filo teso.

Era una scena triste. Eppure le roulotte erano nuove e le macchine costose Mercedes.

Mary si fermò e smontò dall'auto. Un cane timoroso e affamato uscì da sotto una roulotte e si mise a latrare lamentosamente, pronto a rituffarsi sotto le ruote alla minima minaccia.

Una tenda si scostò, una porta si aprì.

«Che cosa vuole?» Due occhi neri scrutarono Mary senza cordialità. La donna era giovane e sporca. L'accompagnava una folata d'aria stantia e rancida. Aveva un neonato in braccio e un moccioso aggrappato alle gonne.

«Solo un'informazione», rispose Mary.

«Un'informazione?» ripeté la donna, senza perdere l'aria sospettosa.

«Siete qui da molto tempo?»

«Perché? È forse proibito? Non c'è nessun cartello!»

Il cartello l'avete tolto appena siete arrivati, pensò Mary, e si rese conto che ottenere informazioni non sarebbe stato facile.

Con gli occhi più neri che mai, la donna continuò: «So che ci hanno costruito un campo nuovo vicino alla superstrada. Lei è del Comune?» E senza attendere risposta: «allora dica pure al Comune che non ci frega niente del suo campo! Noialtri sostiamo qui da sempre e non abbiamo intenzione di cambiare. Il campo laggiù è tutto recintato. Sembra una prigione! E con il rumore del traffico non si riesce neanche a dormire!»

«C'è traffico anche qui», azzardò Mary.

«Sì, ma non in continuazione! Laggiù invece non smette mai, giorno e notte. E poi ci sono i camion che cambiano velocità alla rotonda...»

«Può dirmi se durante la notte tra lunedì e martedì

avete sentito passare qualche macchina davanti al vostro campo? »

« Perché? »

« Lavoro per una compagnia di assicurazioni », spiegò Mary, con disinvoltura. « Mi serve sapere se un furgone è passato su questa strada durante la notte tra lunedì e martedì. »

« E perché dovrei dirlo a lei? »

« Per avere una ricompensa, ad esempio. »

« Per avere una ricompensa? » La donna corrugò la fronte.

« Oh, è soltanto una piccola ricompensa per una piccola informazione. » Visto che la donna taceva, Mary sfilò di tasca una banconota da duecento franchi e la mostrò. « Allora? »

La donna fissò la banconota con cupidigia e diffidenza, temendo un tiro mancino. Infine rispose, quasi con rammarico: « Tutti i lunedì, tra le cinque e le sei, passa un furgone con la scritta di un ipermercato. Chissà cosa va a fare laggiù, visto che non ci abita nessuno... »

« Resta laggiù a lungo? »

« Riparte verso le otto. »

« E lunedì scorso? » chiese Mary, molto interessata.

« Lunedì scorso è tornato un'altra volta verso mezzanotte. »

«È sicura?»

«Certo. L'ho visto come vedo lei adesso. Il piccolo sta mettendo i denti e mi sveglia di continuo.» Le parole scaturirono precipitose dalle labbra sottili, in uno strano accento difficile da comprendere. Gli occhi neri sembravano affascinati dalla banconota che Mary teneva saldamente.

«Quindi ha visto ripassare il furgone verso mezzanotte...»

«Sì, si sentono le macchine prendere la salita molto prima che arrivino», ribatté la donna, spazientendosi. «Ho scostato la tenda d'istinto e l'ho visto passare.»

«È ripartito verso Lanester?»

«Sì.»

«Mi dica, signora, quando il furgone arrivava verso le sei, non è che poi, più o meno alla stessa ora, passava anche un'altra vettura?»

«Sì, una Peugeot 205 decappottabile.»

«Ah... E ripartivano insieme?»

«Sì, si seguivano da vicino.»

«Non ha pensato che fosse interessante?»

La donna scrollò le spalle, passando il neonato da un braccio all'altro. Il moccioso, sempre aggrappato alle sue gonne, si succhiava con gusto le dita sporche di muco. «Ma! Dovevano essere amanti che andavano a scopare nel bosco. In estate ce ne sono parecchi, ma in questa stagione bisogna averne proprio una gran voglia.»

«E quella sera sono ripartiti insieme?»

«No, l'auto bianca è passata come al solito verso le otto.»

«A che ora è passato il furgone?»

Di nuovo la zingara scrollò le spalle. «Poco dopo, forse mezz'ora... Non lo so...»

«Non è rimasta sorpresa poi nel vederlo tornare?»

«Me ne frego! Ognuno fa quel che gli pare!»

«A che ora l'ha visto ripassare?»

«Verso le due e mezzo. Non l'ho visto: l'ho sentito e ho riconosciuto il rumore del motore. Faticava in salita come se portasse un grosso carico.» Senza una parola di ringraziamento, la zingara ghermì la banconota appena Mary la porse.

«Molte grazie, signora», disse Mary, più cortese di lei.

La zingara la seguì con lo sguardo mentre si allontanava. La sua diffidenza era rimasta inalterata. Non avrebbe mai capito i gagi, che regalavano soldi per occuparsi degli affari altrui.

Mary salì in auto e filò verso Lanester. Per la miseria! Le informazioni le erano costate duecento sacchi, ma non erano stati soldi buttati!

Al ritorno in ufficio, Amédéo fu subito aggressivo. « Allora, Lester! A quanto pare vuole ripescare tutti i bidoni vuoti che navigano sullo Scorff e sul Blavet! Non dovrebbe essere qui con noi, piccola mia, ma nella squadra antinquinamento! Suvvia, Lester, un po' di serietà! Non sono contrario al divertimento, ma quando è troppo è troppo! Sa che tutto il commissariato si sta facendo beffe del suo nuovo capriccio? »

Mary lo guardò torva, pensando: Beffe? Altro che beffe avrei per te!

Amédéo si arrabbiò: « Non si prenda la briga di guardarmi così! Sa bene che ho ragione! Santo cielo! Ma cosa insegnano, allora, alla scuola di Polizia? Domani lei ritornerà a Lanester. Chiaro? »

« Sì, signore », rispose Mary, mentre pensava: Lanester! Ancora Lanester! Con il culo sulla sedia tutto il giorno a raccogliere le lamentele dei contadini scontenti! Che razza di mestiere!

La stazione di polizia di Lanester aveva una porta anonima con affissa una targhetta che invitava a suonare e a entrare.

Così Aimable Maugracieux suonò, entrò, vide Mary e si bloccò di scatto, sorpreso. « Ah, bene! È lei! »

« Sì, sono io », confermò Mary. « Buongiorno, signor Maugracieux. »

«È lei che... È lei che ha...» borbottò Aimable, imbarazzato.

«Sì, sono in servizio io, signor Maugracieux. Che cosa posso fare per lei?»

«Mi hanno rubato la barca», annunciò Aimable, indignato.

«Ah... E dove?»

«Vicino al deposito di legname, là dove ho... dove è stato...»

«Là dove ha scoperto il cadavere di Maurice Toussaint?»

«Esatto!»

«Era ormeggiata?»

«Eccome! Aveva una catena galvanizzata, due nodi parlati alla prua e un lucchetto in ottone.»

«Per raccogliere lumache di mare?» chiese Mary, perfida.

«No, grazie! Basta con le lumache di mare!» replicò Aimable, nauseato. «No, volevo soltanto assicurarmi che la marea non la spostasse. Comunque, basta anche con la barca! Me l'hanno rubata!»

«Il corpo morto è ancora là?»

«Sicuro! Non c'è rischio che quello si sposti! È uno pneumatico pieno di cemento e pesa almeno un quintale. Le dico che me l'hanno rubata! Hanno tranciato la catena con una cesoia!»

«Ne è sicuro?»

«Guardi lei stessa! Ho trovato la maglia!» Aimable posò davanti a Mary una maglia di catena evidentemente tranciata.

«Ha cercato a monte e a valle?»

«Sono andato fino al ponte della ferrovia e poi sono risalito fino al ponte Saint-Christophe, ma non ho visto niente. Il ladro può essere andato lontano! Se l'ha rubata al montare della marea dev'essere verso Pont-Scorff, altrimenti è sceso verso Larmor o verso Port-Louis. Ah, che paese di ladri!»

Mary prese un foglio di carta. «Può descrivermi la sua barca, signor Maugracieux?»

«Nera, con una banda rossa, lunga quattro metri e sessanta, chiamata *Angèle,* fondo piatto.»

«Aveva il motore?»

«No, non lo lascio mai. Lo porto sempre a casa. È un fuoribordo.»

Mary lesse la descrizione: «Una piccola barca senza motore, nera e rossa...»

«Piccola... Piccola...» interruppe Maugracieux, vagamente offeso. «Non è poi così piccola! In ogni caso mi basta per pescare merluzzetti. E poi, anche se non è un panfilo, non è un buon motivo per rubarmela!»

Lanciandogli un'occhiata, Mary ribatté in tono di riprovazione: «Suvvia! Nessuno ha detto questo!»

«No, non l'ha detto», ammise Aimable in tono amaro. «Però Maugracieux non è così stupido! Ha capito! Non ve ne frega niente della mia barca! Ve ne fregate perché non vale milioni! Ve ne fregate alla grande! D'altronde, tutti quanti se ne fregano di tutto in questo marcio paese! Lei finge di prendere nota, ma appena avrò girato le spalle butterà il foglio nel cestino!»

Allora Mary, che si stava irritando, ribatté: «Insomma, signor Maugracieux, sia serio!»

«E così adesso sono io che devo essere serio!» Aimable alzò le braccia al cielo. «Mancava solo questo! Mi derubano, e in più vengo insultato! È il colmo!»

La malafede di Maugracieux era tale che nonostante l'esasperazione Mary iniziò a divertirsi. «Calma, signor Maugracieux. Chi la insulta?»

«Non ha detto che non sono serio? Ho forse frainteso? O vuole insinuare che sono sordo, che ho le allucinazioni, che sono bugiardo? Non sono serio? Io! Insomma, stia attenta a quello che dice!»

Stentando a credere ai propri occhi e alle proprie orecchie, Mary contemplò Maugracieux scuotendo la testa, senza sapere se scoppiare a ridere o rispondere per le rime.

Allora Maugracieux si chinò verso di lei. «Voglio rivelarle una cosa, signora. Anche se è ispettore, voglio proprio rivelarle una cosa... Se fosse per me, si dovrebbe tagliare la mano destra ai ladri al primo arresto, e poi la mano sinistra al secondo...»

Mary riuscì a restare imperturbabile. «Quello che sta dicendo non è affatto insensato, signor Maugracieux! Anch'io sono persuasa che applicando questo metodo si ridurrebbe drasticamente la terza recidiva!»

«Ah!» esclamò Aimable, trionfante. «Allora capisce che non sono affatto così stupido!»

«È una punizione semplice, efficace, economica», convenne Mary, sforzandosi di non scoppiare a ridere. «Eppure nessuno ci ha mai pensato!»

«Oh, non è che nessuno non ci abbia mai pensato!» spiegò Maugracieux, con aria astuta. «Voglio rivelarle un'altra cosa: con tutto il rispetto, siamo governati da gente con le palle mosce! Deputati, senatori, ministri e compagnia bella sono tutti fannulloni, ben contenti delle poltrone che occupano! Ma quando si tratta di assumersi responsabilità non c'è più nessuno! Allora si rubano le biciclette, si rubano le barche, si tranciano le catene...»

Mary interruppe l'elencazione dei reati. «I remi li lascia sempre a bordo?»

«Be', sì! Non posso mica portarmeli a casa ogni volta!»

Mary si alzò. «Bene, segnalerò la scomparsa della sua barca. Lei, dal canto suo, tenga d'occhio gli argini per scoprire se per caso sia incagliata da qualche parte. »

« A me capitano soltanto rogne! » protestò Maugracieux. « Per giunta mi tocca anche fare le ricerche! Ah, che paese! » Salutò velocemente e se ne andò mugugnando.

Mary sorrise. Non aveva proprio fortuna, Maugracieux! Un giorno ha trovato un cadavere, il giorno dopo ha perso la barca. Avrebbe finito con l'andare ad abitare in campagna!

7

La porta fu aperta da un signore sulla sessantina, in completo scuro su cui spiccava il nastro rosso della Legion d'Onore.

Mary alzò la testa e trasalì. «Signor commissario!» E di scatto balzò in piedi.

«Buongiorno, signorina Lester. L'ho forse spaventata?» Il commissario divisionale Lebret era una rarità in Polizia: sempre impeccabile, sempre elegante, sempre cortese, mai triviale, rispettato da tutti i suoi sottoposti.

«Niente affatto», farfugliò Mary. «Ero assorta nei miei pensieri. E poi, non mi aspettavo di vederla...»

«Stava pensando ai suoi bidoni?»

«Oh, signore...» Mary arrossì. «Glielo hanno riferito?»

Il commissario rise dolcemente, con indulgenza.

«So comunque ciò che accade, ispettore. Come vanno le cose stamani?»

«Nulla di grave», rispose Mary, nel prendere i suoi appunti. «Alcuni birbanti hanno fracassato i vetri della signora Thibault Adrienne a colpi di fionda. Due conigli sono stati rubati dalla conigliera del signor Martin Anselme in pieno giorno, mentre lui schiacciava un pisolino. La barca del signor Aimable Maugracieux è scomparsa.»

Sospirando, il commissario si sedette. «Nulla di troppo eccitante, nevvero, Lester?» sorrise.

Mary ricambiò il sorriso. «È il meno che si possa dire, signor commissario.»

«Non è per questo che lei è entrata in Polizia, mi sbaglio?»

«Non esattamente, signor commissario.»

«Dunque è delusa...»

Mary scrollò le spalle. «Un poco.»

Il commissario allungò le gambe e rassettò scrupolosamente la piega impeccabile dei pantaloni. «Ah, Mary Lester, lei è impaziente... Ascolti, voglio raccontarle una storia: nel 1944 avevo sedici anni ed ero fidanzato. Sognavo imprese onorevoli e disperate, paracadutarsi in territorio nemico e combattere... Ebbene, sa che cosa ho fatto sino alla Liberazione?»

«No, signore.»

«Ho pelato patate nella cucina infame di una sordida cantina. Ho pelato patate dalla mattina alla sera, tanto che ancora oggi la vista di una patatina fritta mi procura la nausea.»

«E in seguito, signore?»

«Dopo essere stato smobilitato ho ripreso gli studi, mi sono laureato in Legge e sono entrato in Polizia, proprio come lei. Anch'io ho dovuto fare tirocinio. Come lei ho dovuto riempire interi taccuini con denunce insignificanti nel retro di commissariati molto più ripugnanti di questo: cassette delle lettere fracassate, ciclomotori "presi in prestito", autoradio scomparse, conigli rubati...» Il commissario sorrise. «Si chiede forse perché le sto raccontando tutto questo? Ebbene, è per farle capire la necessità del tirocinio, Lester. Come diceva mio nonno, capitano di lungo corso ai tempi della navigazione a vela, prima di diventare capitano bisogna essere marinaio. Tutto verrà a suo tempo, Lester, e vedrà, molto più in fretta di quanto lei pensi!» Si alzò. «Ho iniziato come lei, in un commissariato di quartiere, a Roubaix. Mi sembra ieri, eppure tra due mesi vado in pensione! Venga, andiamo a vedere il suo benedetto bidone...»

Mary non se lo fece ripetere. «E se il signor Amédéo mi chiedesse spiegazioni?»

Di nuovo il commissario sorrise: «Il signor Amédéo

non le chiederà nulla. Il signor Amédéo è a letto con un grave raffreddore: un grave raffreddore che si è manifestato all'improvviso».

Costeggiando il deposito di legname, il commissario guidava lentamente la propria auto personale, una Peugeot 405 grigia, che rispecchiava la sua persona: impeccabile all'interno come all'esterno.

Il mare si era ritirato lasciando soltanto un esile filo d'acqua sulla fanghiglia nera che brillava sotto un pallido sole.

«Dov'è questo famoso bidone?» chiese il commissario.

«Laggiù, sotto il ponte.» Mary indicò la struttura metallica che sbarrava l'orizzonte.

La macchina procedette ancora un poco prima di fermarsi. L'aria aveva l'odore della bassa marea e dalla direzione del vicino Arsenale, oltre il muro di mattoni coronato di filo spinato, provenivano rumori metallici. In lontananza, sull'estuario, un rimorchiatore muggì tre volte.

Il commissario avanzò di qualche passo sull'erba ingiallita al bordo della strada, osservando il ponte ancora in riparazione, poi il canale, dove i gabbiani stridevano nel disputarsi una preda. All'improvviso annunciò: «Ma... c'è una barca ormeggiata al suo bidone, Lester!»

«Ieri non c'era!» rispose Mary, sconcertata.

«Credo che si sia ingannata, piccola mia.»

Ecco che adesso anche lui mi chiama «piccola mia», pensò Mary, con amarezza.

Il commissario continuò: «Ieri non c'era, oggi c'è... Le barche vanno e vengono...»

«Ma è *Angèle*!»

«*Angèle*?» ripeté il commissario, increspando le sopracciglia.

«Ma sì, *Angèle*!» Mary aveva ritrovato tutto il suo entusiasmo. «È la barca che è stata rubata a Aimable Maugracieux, che ha denunciato il furto stamani! È strano che non l'abbia vista, perché è proprio sotto il ponte, a trecento metri dal suo corpo morto... Eppure lui stesso mi ha detto di averla cercata fin laggiù...» Con aria interrogativa guarda il commissario, che ricambia lo sguardo con aria divertita. «Ma... Ora capisco! Stamattina c'era alta marea!»

«Esatto», confermò il commissario, ironico. «Infatti la bassa marea è a mezzogiorno.»

Mary proseguì con il suo ragionamento: «Allora Maugracieux non ha potuto vedere la sua barca perché era colata a picco!»

Lebret corrugò la fronte. «Colata a picco...? Non riesco a seguirla, Lester!»

Senza curarsi della sua perplessità, Mary si girò verso il commissario. «Capo, bisogna assolutamente ripescare quel bidone!»

Come se avesse rinunciato a far intendere ragione a una irriducibile testarda, Lebret scosse la testa. «Ma perché, Lester, perché?»

«Perché hanno cercato di spostarlo, capo», rispose Mary, risoluta, con vigore, volendo a tutti i costi convincere il suo interlocutore. «Qualcuno ha gettato laggiù quel bidone che contiene chissà cosa. Deve avermi vista aggirarmi da queste parti. Si è spaventato, perché ha un ottimo motivo per evitare che quel bidone sia ripescato. Così, approfittando dell'alta marea, ha rubato la barca più vicina, si è accostato al bidone con la mezza marea, si è ormeggiato nei pressi e ha aspettato che il flusso sollevasse la barca e il bidone. Poi non avrebbe dovuto fare altro che lasciarsi trasportare dal riflusso, e con la bassa marea avrebbe tranciato i cavi in mezzo al canale, là dove c'è sempre acqua. Così il bidone sarebbe sparito e Mary Lester avrebbe fatto la figura dell'imbecille. Invece ecco che...»

«Ecco che il bidone era troppo pesante, la barca

non ha potuto sollevarlo ed è colata a picco!» concluse il commissario, che aveva capito tutto.

«Proprio così, capo! Ora vede perché dobbiamo per forza ripescare quel bidone?»

8

«Ha la fortuna che il capitano dei pompieri sia un amico», sospirò il commissario divisionale Lebret, seduto al piccolo banco della stazione di Polizia di Lanester. Sollevò il ricevitore del telefono e sospirando ancora compose un numero. «Pronto, la caserma dei pompieri? Sono il commissario divisionale Lebret. Mi passi il capitano Laurent, per favore.» Coprì il microfono del telefono con il palmo e spiegò a Mary Lester, seduta di fronte a lui: «Altrimenti sarebbe stato necessario compilare moduli d'ogni sorta, che evito...»

Mary non avrebbe mai saputo cosa avesse voluto dire il buon commissario, perché questi s'interruppe e tolse la mano dal microfono. «Pronto, è lei, Laurent? Sì, sono Lebret... Perché la chiamo? Come sempre, vecchio mio, ho un favore da chiederle... No, nulla di grave... Un normale controllo... Uno dei miei ispettori ha notato un bidone sospetto sotto il ponte della ferrovia... Esplosivi? No, sicuramente no, però stiamo indagando su un caso di scomparsa alquanto delicato e può darsi che il bidone contenga elementi interessanti per lo sviluppo dell'indagine... Nulla di certo, badi bene, nondimeno non possiamo trascurare alcunché... Esatto, vorrei che recuperaste con discrezione quel bidone... Potete farlo? Questo pomeriggio? Formidabile! Le mando subito il mio ispettore... Grazie ancora, Laurent!» Interruppe la comunicazione. «Ecco fatto, ragazza mia. Spero che sia soddisfatta. Vada subito alla caserma dei pompieri e chieda del capitano Laurent, che provvederà a ripescare il suo bidone.»

Mary esultò: «Grazie, capo!» E si precipitò verso la porta.

Allora Lebret la fermò. «Lester, mi chiami appena quel dannato bidone sarà ripescato. Dica ai pompieri di custodirlo in una delle loro rimesse e di non far nulla prima del mio arrivo. E soprattutto, massima discrezione! Neppure una parola alla stampa prima di averne accertato il contenuto...»

Mary pensò che il buon commissario temesse soprattutto il ridicolo, ma se ne fregava, perché il bidone doveva essere ripescato. Non chiedeva altro!

Il suo arrivo alla caserma dei pompieri non era passato inosservato. Era stato annunciato un ispettore di Polizia e arrivava una donna. Tuttavia Mary non si curò degli sguardi allusivi e dei sorrisi beffardi. Amava i pompieri che si accingevano a ripescare il suo dannato bidone ed era disposta a perdonare loro qualsiasi cosa. Però il recupero la preoccupava, quindi chiese come sarebbe avvenuto.

Il capo dell'operazione – grande e grosso, biondo, con gli occhi azzurri – sorrise. Recuperare quel bidone? Un gioco da ragazzi! Spiegò a Mary come intendesse procedere: innanzitutto avrebbero steso una robusta rete sulla fanghiglia, poi vi avrebbero fatto rotolare il bidone per avvolgerlo in maniera tale da bloccarlo. Non sarebbe quindi rimasto altro da fare che assicurarvi un salvagente, gonfiarlo con una delle bombole di aria compressa che i pompieri avevano a bordo del loro gommone e attendere il montare della marea.

Un gioco da ragazzi...

Eseguita celermente questa fase dell'operazione, iniziò un'attesa che a Mary apparve interminabile. Eppure la marea sarebbe stata alta soltanto alle sei, e nel frattempo non vi era alcunché da fare. I pompieri attendevano fumando nel loro furgone, di quando in quando la radio gracchiava informazioni e chiamate. Nella sua piccola auto, Mary aspettava ascoltando il

Requiem di Mozart. Il biondo grande e grosso le aveva consigliato di andare a mangiare qualcosa, invece, niente da fare, lei era rimasta. Per nulla al mondo intendeva abbandonare quel bidone. Ogni tanto usciva dalla macchina per vedere se vi fossero novità.

Alcuni sfaccendati si fermavano, incuriositi dalla presenza sulla riva del furgone rosso, il Peugeot J9. Il biondo grande e grosso spiegava loro che si trattava di un'esercitazione per provare un nuovo materiale da utilizzare nel recupero dei relitti. Soddisfatti da tale spiegazione, gli sfaccendati se ne andavano scuotendo la testa.

Finalmente l'acqua arrivò alle ruote del rimorchio dello Zodiac. Il gommone scivolò in acqua e il motore si accese a un quarto del tragitto. Assicurata la grande boa rossa, una nube di fumo azzurro si diffuse sulla superficie al ruggire furente di cinquantacinque cavalli. Il canotto s'impennò, poi avanzò lentamente, sussultò, infine si arrestò, ancora lontano dalla riva.

«Santo cielo, che cosa fanno?» chiese Mary, in preda all'impazienza.

«Non c'è abbastanza acqua», rispose il biondo grande e grosso, che fumava tranquillo. «Bisogna aspettare ancora un poco.»

«Aspettare, aspettare, aspettare! Non si fa altro!»

«Non si spazientisca, signorina», esortò il pompiere, flemmatico. «Non c'è altro da fare. Il suo bidone non scappa: è ben ormeggiato!»

Mary scrollò le spalle. Che furbo! Lei sapeva bene che non sarebbe scappato! Per forza se ne fregava, il pompiere! Gli chiedevano di ripescare il bidone, e lo ripescava! D'altronde lo faceva bene, nulla da dire in proposito. Però lui non si preoccupava del contenuto del bidone. Se fosse stato semplicemente pieno di cemento, ciò di cui tutti erano persuasi, che cosa sarebbe mai potuto accadere? Invece lei, Mary... Ah, santo cielo, non osava pensarci! Temeva che fosse vuoto e al tempo stesso aveva paura di quello che potesse contenere.

Se fosse stato vuoto, nessuno avrebbe più finito di prenderla in giro! In tal caso le sarebbe convenuto chiedere subito il trasferimento. Era persino sicura che Amédéo si sarebbe incaricato di diffondere la storia alla sua nuova destinazione. Se invece il contenuto era quello che credeva, non sarebbe stato un bel vedere.

Il biondo grande e grosso tornò da lei. «A proposito, che cosa spera di trovare là dentro?»

«Un cadavere», ribatté Mary, arrogante.

«Nient'altro?» ironizzò lui.

«Nient'altro!»

Allora il biondo grande e grosso la guardò in modo diverso. «Dice sul serio?»

Mary sorrise. Era simpatico, quel tipo, però non poteva capire. In tono più dolce, rispose: «Che cosa crede? Che faccia tutto questo per divertirmi?»

«Ah, be'! Questa poi!»

Intanto la marea salì fin quasi a toccare la strada. Lo Zodiac accostò, i pompieri saltarono a terra e l'assicurarono al guardrail.

Il tempo era mite. Non spirava un soffio di vento e l'acqua calma rifletteva un cielo di un grigio luminoso. In lontananza, sotto il ponte, un rimorchiatore della Marina nazionale trainava alcune chiatte sulla superficie dell'acqua.

I pompieri tirarono con forza il cavo e comparve il bidone avviluppato nella rete.

«Louis, assicuralo al gancio da rimorchio», ordinò il biondo grande e grosso. «Non vale la pena faticare. Tiriamolo su con il furgone.»

Un ruggito del motore e il Peugeot estrasse il carico.

«Così va bene!» annunciò il pompiere di nome Louis al biondo grande e grosso che guidava l'operazione. «Dédé, prendi le assi!»

Basso e tarchiato, squadrato come un armadio bretone, Dédé aprì gli sportelli posteriori del furgone e ne trasse due assi d'abete, che poi collocò dietro il veicolo in modo da formare un piano inclinato; infine staccò il bidone dal cavo. «Potete andare, ragazzi!»

I pompieri unirono i loro sforzi per far rotolare il bidone sulle assi. «Oh, issa!» Un ultimo sforzo, e il bidone era nel furgone.

«Bravissimi!» elogiò Mary, ammirata. «Temevo che non ce l'avreste mai fatta! Dev'essere terribilmente pesante!»

«Poco meno di trecento chili», rispose il biondo grande e grosso con una smorfia. «Allora, Dédé... Spero che tu l'abbia assicurato bene! Bisogna che non si metta ad andare a spasso nel furgone!»

«Stai tranquillo, non si muoverà neanche», garantì Dédé. «Comunque non sei costretto a farci correre! Non abbiamo mica fretta!»

«Vi aspetto in caserma», annunciò Mary. «Devo telefonare al mio capo. Vi ricordo che tutto deve svolgersi con la più assoluta discrezione.»

«Nessun problema», rispose il biondo grande e grosso. «Depositeremo il bidone in una rimessa e attenderemo l'arrivo del suo capo. A tra poco!»

Con Mary al volante, la piccola Austin filò nel crepuscolo.

Era notte. Nel cortile della caserma dei pompieri, in parte illuminato da un lampione, Mary attendeva. Nell'edificio principale alcune finestre erano illuminate e in sottofondo si sentiva una radio. Al pianterreno, il pompiere di turno, come chiunque altro al mondo in turno di guardia, probabilmente stava passando il tempo con i cruciverba, sbadigliando.

Dopo avere depositato il bidone in una rimessa, i pompieri erano andati a parcheggiare il loro Zodiac in un altro garage, poco lontano.

Tormentata dall'impazienza e dall'angoscia, Mary passeggiava avanti e indietro. Il commissario aveva risposto che sarebbe arrivato subito, ma evidentemente era stato trattenuto.

Ogni volta che una coppia di fari illuminava l'ingresso, Mary trasaliva. Infine il cancello elettrico si aprì e un'automobile entrò nel cortile. Era la Peugeot grigia del commissario.

Mary si precipitò e, prima che Lebret smontasse, annunciò: «Lo abbiamo, capo!»

Il commissario sorrise per la sua irrequietezza. «Suvvia, Lester, si calmi. Non scapperà mica!»

Malgrado il sorriso, Mary sentì che il capo era in ansia. Nell'andare alla rimessa, guardandolo di sbieco, trovava che avesse l'espressione dura ostentata dagli sbirri e dai malviventi nei film. La smorta luce al neon che lo illuminava dal basso accentuava i tratti del suo viso.

Il bidone era adagiato su un fianco, sul pavimento

della rimessa. Due rivoli d'acqua erano colati sul cemento.

«È questo, dunque», commentò Lebret, tra sé. Avanzò di due passi, si mise a esaminare minuziosamente il bidone, cercando anche di spostarlo, e si rialzò con una smorfia significativa. Era troppo pesante. Guardò Mary, che taceva. Per un tempo che apparve lunghissimo, il silenzio regnò nella rimessa che odorava di lubrificante e di benzina.

Un pannello di attrezzi era appeso alla parete cui era addossato un lungo banco munito a una estremità di una morsa. Trapani, motoseghe e altri strumenti erano collocati sui palchetti assicurati a un'altra parete.

Era forse per la presenza del bidone? Mary provava una strana impressione, un po' come in chiesa, dove sembra inopportuno parlare a voce alta.

Infine la porta si aprì e comparve un uomo sulla cinquantina, che si presentò a Mary come capitano Laurent. Privo degli scrupoli di Mary, parlava normalmente e tirò un calcio al bidone. «È questo il pacco a sorpresa?»

Allora Lebret rispose brevemente e gli chiese se fosse possibile aprire il bidone.

Il capitano Laurent esaminò il fusto metallico dipinto d'azzurro, su cui si leggeva a grandi lettere bianche Motul, marca dell'olio che in origine doveva contenere. «Non dovrebbe essere un problema», commentò, nel rialzarsi a esame concluso. Poi ordinò al biondo grande e grosso che aveva guidato l'operazione di recupero: «François, porta martello e scalpello...» E mentre François usciva, aggiunse: «Prendi anche una mazza!» Quindi spiegò a Lebret e a Mary Lester: «Taglieremo la lamiera con lo scalpello, infine spaccheremo il cemento con la mazza. Non dovrebbe essere troppo difficile, perché il cemento sembra fresco e disomogeneo».

«Inoltre è stato impastato con acqua di mare», intervenne Mary.

«Che cosa le fa supporre che sia stata usata acqua di mare?» domandò Laurent.

«Se il lavoro è stato eseguito dove penso, non c'era altra possibilità», spiegò Mary.

Perplesso, il capitano Laurent guardò il commissario Lebret, che rimase impassibile. Allora scrollò le spalle come se avesse rinunciato a capire. «Sembrerebbe uno strano lavoro di bricolage, vero?»

«Un ottimo bricolage», replicò Mary, che di solito non abbondava in elogi. A dire il vero, avrebbe preferito essere altrove. Purché avesse il coraggio di guardare... Alla fin fine era stata lei stessa a voler essere lì...

Lebret la osservava incuriosito, senza dir nulla. François era tornato con gli attrezzi e si mise vigorosamente all'opera. Sotto i suoi colpi abili e precisi la lamiera si fendette facilmente. Nella rimessa rivestita di fibrocemento i tonfi risuonavano lugubri.

Sempre impassibile, Lebret fumava, con le mani dietro la schiena. Mary gli era accanto a braccia incrociate e il capitano Laurent aiutava François, alla scarsa luce di una lampadina polverosa sistemata troppo in alto.

La lamiera era tagliata in tutta la lunghezza. I pompieri aprirono il fusto squarciato, badando a non ferirsi sui bordi affilati. Colò altra acqua a ingrandire la pozza e un granchietto entrato chissà come nel bidone cercò rifugio in un angolo buio.

« Ecco fatto », annunciò il capitano Laurent. « Adesso bisogna spaccare il cemento. Passami la mazza, François ». Tirò un colpo, poi un altro, e osservò l'effetto prodotto. « Ecco, si è aperta una fessura per tutta la lunghezza. François, usa mazzuolo e scalpello. »

Il biondo grande e grosso incuneò lo scalpello nel cemento.

« Lascialo », ordinò Laurent. « Continuo io con la mazza. » Sollevò l'attrezzo e diede un forte colpo. Non ne servì un secondo. Il cemento si spaccò come una noce a rivelare il suo frutto velenoso, da cui promanava un fetore indescrivibile, che subito avvelenò l'atmosfera. Il capitano Laurent mollò la mazza e si fece indietro, coprendosi le narici con una mano. Il commissario Lebret chinò la testa e increspò il viso in una smorfia, avviluppandosi in una nube di fumo protettore. Mary Lester si girò e vomitò.

Era stato ritrovato Antoine Sallabert.

«Venga, Lester...» Il commissario prese Mary per un braccio. «Non è uno spettacolo per una ragazza.»

Mentre Lebret e Mary uscirono in cortile a respirare con piacere l'aria umida della sera, nella rimessa il capitano Laurent impartiva ordini: «Fatti aiutare da uno dei ragazzi, François. Stacca il cadavere dal cemento e infilalo in un sacco di plastica, poi portalo alla *morgue*. Non c'è bisogno di raccomandare discrezione: non una parola a chicchessia!» Infine raggiunse i due sbirri. «Proprio un bel pacco a sorpresa! È lei che lo ha scoperto, signorina?»

Con un misero sorriso, Mary annuì.

Lebret domandò: «Lo portano subito alla *morgue*?»

«Sì», rispose il capitano Laurent. «Il tempo d'imballarlo...»

«Mi dica una cosa, Laurent...» chiese ancora Lebret. «Mi scusi se insisto, ma è importante per proseguire l'indagine: è sicuro dei suoi ragazzi? Per la riservatezza, intendo...»

Laurent sorrise. «Stia tranquillo, commissario. Se ci saranno indiscrezioni, non verranno da noi. Venite, andiamo nel mio ufficio a buttar giù qualcosa di forte. Dopo una serata come questa, non sarà certo un lusso!»

9

« Va meglio il raffreddore, Amédéo? »

« Un po', capo », rispose Amédéo, tirando su col naso. « Che schifo di stagione! Si prende l'influenza senza saper come! »

« Le ho chiesto di essere qui, benché sia malato, perché mi sembra che tra lei e la signorina Lester non tutto vada per il meglio. »

Mary Lester era intenta a contemplarsi le unghie.

Il commissario divisionale Lebret, in poltrona alla sua scrivania ministeriale in teck, tamburellava ritmicamente le dita sul sottomano verde.

Sulle sedie di fronte a lui, Amédéo e Mary Lester si guardavano in cagnesco.

Amédéo si soffiò il naso, si raschiò la gola, e dichiarò: « La signorina Lester ha un'immaginazione molto fertile e... »

«E il signor Amédéo è del tutto privo d'immaginazione», lo interruppe Mary Lester, la cui madre le aveva insegnato molto presto che la miglior difesa è l'attacco.

«E anche una certa propensione all'insolenza», concluse Amédéo, fulminandola con lo sguardo.

«Forse è tutta colpa mia...» intervenne Lebret, con voce stanca. «Nonostante la sua professionalità e la sua grande esperienza, Amédéo, forse lei non possiede le qualità necessarie per essere responsabile di una tirocinante...»

Amédéo gesticolò come per dire: «Be', se allude a cose come la psicologia, la pedagogia e chissà cos'altro, allora ha ragione, capo: non è roba che fa per me!»

Lebret continuò: «In sostanza, la signorina Lester, o dovrei dire l'ispettore tirocinante Lester, lamenta...»

«Lo so, signor commissario», lo interruppe Amédéo. «La signorina mi accusa di averle assegnato un'indagine e poi di averle revocato l'incarico. È vero: mi dichiaro colpevole! Ma considerati il modo in cui si comportava e i ragionamenti che sviluppava, sarei stato ancor più colpevole se l'avessi lasciata continuare. La signorina Lester è tagliata per scrivere romanzi, non per lavorare in Polizia!»

«Sa una cosa, Amédéo?» riprese il commissario Lebret. «Di sicuro i giovani tirocinanti hanno molto da imparare dai vecchi veterani come lei, però non dimentichi che escono dalla scuola di Polizia, e non dimentichi neppure che i metodi si evolvono, e che forse lei stesso può imparare qualcosa da loro.»

Di nuovo Amédéo gesticolò, come per dire che, di tutto quello che avrebbe potuto eventualmente apprendere da quei giovani idioti che credevano di sapere tutto, se ne fregava a un livello inimmaginabile.

Mary Lester lo guardò con disgusto, e lui, volutamente beffardo, non abbassò gli occhi, come per dire: «Lamentati pure con chi ti pare, cretina, tanto io non devo arruffianarmi nessuno! Tra due mesi quel vecchio fossile di Lebret sarà in pensione e il suo sostituto, chiunque sarà, conterà sui vecchi ispettori come me, non sui tirocinanti!»

«Signor commissario, ieri lei mi ha raccontato un aneddoto», dichiarò Mary, guardando Lebret. «Ora io vorrei raccontare una storia a lei. È piuttosto lunga, però non è affatto priva d'interesse.» Lo scricchiolio della sedia l'avvertì che Amédéo stava per alzarsi. Anziché voltare la testa, aggiunse: «Desidererei che il signor Amédéo ascoltasse la mia storia».

Esasperato, Amédéo protestò con un gesto, ma appena il commissario Lebret gli ordinò con un cenno di sedere, ubbidì scrollando le spalle.

Con lo sguardo fisso dinanzi a sé, Mary raccontò:

«Lo scorso sedici novembre, un lunedì, intorno alle diciassette e trenta, il signor Antoine Sallabert, direttore del Center Marché di Lanester, lascia il proprio domicilio per recarsi a Kerhervy a tagliar legna per il camino, come dichiara alla moglie. Tuttavia, se Antoine Sallabert si è recato a Kerhervy, non è stato affatto per tagliar legna. In realtà aveva appuntamento con una donna. Infatti quel padre di famiglia esemplare ha affittato dalla vedova Le Dantec una casetta che domina il Blavet e l'ha arredata per i suoi incontri galanti...»

«Cosa sono tutte queste nuove corbellerie?» ringhiò Amédéo, fingendo di alzarsi.

«Resti seduto, Amédéo», ordinò Lebret in tono reciso. «Lasci finire Lester!»

Di malagrazia, Amédéo si rimise seduto, di traverso, brontolando. Incrociò ostentatamente le gambe troppo in alto e intrecciò le mani sulle ginocchia, mentre le sue labbra si torsero in una smorfia che la diceva lunga su quel che bisognava subire in Polizia di quei tempi.

«Il marito dell'amante del signor Sallabert nutre sospetti perché, come vedremo più oltre, la fedeltà non è una delle virtù cardinali della sua consorte», riprese Mary. «Dunque la segue con discrezione e la vede parcheggiare l'auto sulla riva del fiume, accanto a un furgone Renault Trafic color crema. Poi lei percorre il sentiero che sale alla casetta e vi entra. La porta si chiude e gli amanti restano isolati dal mondo esterno, dove il cornuto monta la guardia. Passa parecchio tempo: un'ora, due, forse tre... Infine la porta si apre. La donna esce, risale in auto e parte. Il cornuto non si è mosso. Sa di poter sempre ritrovare la donna e intende regolare i conti a casa. L'altro, l'amante, deve capire il suo dolore... »

Torcendosi sulla sedia, Amédéo finse di alzarsi.

Affascinato dal racconto di Mary, il commissario ordinò: « Zitto! Diventa interessante! »

« Antoine Sallabert, che è un uomo ordinato, resta a rassettare », continuò Mary. « Lo so, perché ho visitato l'abitazione e l'ho trovata in condizioni impeccabili: letto fatto, tavola sgombra, tappeto pulito, stoviglie lavate e messe ad asciugare. Quando ha finito di risistemare, il signor Sallabert esce, si precipita giù per il sentiero e sfila di tasca la chiave del furgone. Allora il cornuto lo aggredisce con un coraggio decuplicato dalla corporatura magra, per non dire esile, del suo rivale e dalla sua bassa statura, circa un metro e sessanta. Sfortunatamente il cornuto ignora una cosa essenziale: il piccoletto è cintura nera di judo terzo dan. È stato persino nella nazionale militare francese. Così il cornuto si ritrova seduto sulle chiappe a tre passi di distanza senza sapere come vi sia arrivato. Folle di rabbia, riparte all'assalto, con il risultato di un altro volo planato e di un'altra dolorosa caduta. Quante volte si fa atterrare? Lo ignoro. Comunque si spaventa. È lì per impartire una lezione e invece la riceve! Essere cornuto è già tanto, ma essere cornuto e mazziato è troppo. È armato, quindi sfodera la rivoltella e spara due colpi, contro i quali il judoka non può nulla. Ed ecco che il nostro cornuto si trova con un cadavere in braccio. Cosa farne? A Chicago, i gangster gettano le loro vittime nel lago Michigan dopo averle zavorrate a dovere. Il cornuto decide di imitarli. Lungo la strada ha visto una casa in costruzione. Vi si reca con il furgone, vi carica un grosso fusto vuoto in cui gli operai raccolgono l'acqua piovana per bagnare la malta, uno o due sacchi di cemento a presa rapida, un badile. Ritorna a Kerhervy, sistema il cadavere di Antoine Sallabert nel fusto e si reca al teatro all'aperto, dove sa di poter trovare abbastanza sabbia. Là, al riparo da tutti gli sguardi, nascosto dal recinto che circonda il teatro, impasta il cemento e ne riempie il fusto. Un'ora o due di lavoro, dato che non è abituato, ed ecco il cadavere imballato, pensa lui, per l'eternità.»

«Da non credersi!» gracidò Amédéo. «Le avevo pur detto, capo, che è molto dotata per il romanzesco!»

Ora perfettamente a proprio agio, Mary ignorò l'interruzione di Amédéo. «Tuttavia sussiste un problema: cosa fare del bidone trasformato in bara? Gettarlo in acqua a Kerhervy? Non sembra prudente. Il luogo è troppo frequentato. In estate ci sono famiglie, marmocchi che potrebbero cercare di spaccare il cemento. Se soltanto fosse possibile trasportarlo un po' più lontano, oltre le carcasse delle tonniere... Niente da fare: il fusto è troppo pesante. D'altronde, lo si potrebbe far cadere nel fiume dal ponte della ferrovia. Per un favorevole concorso di circostanze, la passerella non ha più il parapetto e i lavori impediscono il passaggio.»

Senza più dire una sola parola, Amédéo fissò Mary con occhi stupefatti e al tempo stesso cattivi.

«È mezzanotte, o forse l'una del mattino», proseguì Mary. «C'è nebbia, e cade un'acquerugiola tenace. La gente se ne sta tappata in casa. È il momento ideale per fare ciò che è necessario. Il cornuto (continuo a chiamarlo così) rimuove le barriere di protezione del cantiere e con il furgone del Center Marché sale a marcia indietro la rampa di accesso al ponte, poi rovescia fuori il bidone. Il cemento a presa rapida ha avuto il tempo d'indurirsi. Non gli resta che rotolare il fusto fino al centro del ponte e gettarlo in acqua dove il canale è più profondo, ovvero all'altezza del secondo pilone, dove resterà sempre sommerso. Però quando arriva al primo pilone sente un rumore di passi risuonare sulla passerella metallica. Arriva qualcuno! Il panico invade il cornuto, che getta oltre il bordo la bara improvvisata. Ma è stato troppo precipitoso! È soltanto un onesto barbone, Maurice Toussaint, che rientra da Lorient sfidando il divieto di passare dal ponte. Ora, un fusto di trecento chili che da venti metri di altezza cade in acqua, fa rumore. Così Toussaint va a vedere, firmando la propria condanna a morte. Infatti, evento eccezionale, non è ubriaco. Ha visto il cornuto e lo ha identificato, perché lo conosce bene. Così, senza diffidenza, gli si avvicina per chiedergli che cosa stia succedendo. Il cornuto è molto in imbarazzo. Il barbone non tiene mai la bocca chiusa. Il giorno dopo tutta Lanester saprà che una cosa molto pesante è caduta dal ponte durante la notte e che il signor X (chiamiamolo così) era proprio sul ponte della ferrovia, in quel punto esatto, esattamente a quell'ora. È un rischio che non si può correre. Così il signor X sferra un pugno violento allo sventurato Toutousse, che precipita nel vuoto. Il testimone non può più testimoniare. Ora il signor X deve tornare a Kerhervy per recuperare la propria macchina. Però sarebbe una gran scocciatura se il furgone fosse trovato laggiù. Invece, nel parcheggio del ristorante Bonhomme ci sono sempre auto che restano parcheggiate a lungo. Quindi vi parcheggia il furgone e lo lascia con le chiavi nel cruscotto, sperando che sia rubato e che se ne vada al diavolo, confondendo ancora di più le tracce. Come previsto, una banda di teppisti ruba il furgone e vi trova una motosega. Allora uno di loro ha l'idea di servirsene per un furto con scasso. Mentre forzano la porta di una casa di villeggiatura, i vicini, allarmati dal rumore della motosega, avvisano la Polizia. I teppisti si sparpagliano per la campagna e si dileguano, tranne uno, Francis Le Gwen, che fugge guidando il furgone, inseguito dagli sbirri. Per sua sfortuna sbaglia una curva, sbatte contro un muro e si fa arrestare.»

«Capo, posso fare una domanda?» intervenne Amédéo, esasperato.

«Certo», concesse Lebret.

Amédéo si girò verso Mary e con aria di superiorità chiese: «Ha forse assistito a tutto questo, Lester, oppure inventa a suo piacimento?»

«Né l'una né l'altra cosa, signor Amédéo.»

«Allora è stata illuminata dallo Spirito Santo», ironizzò l'ispettore capo.

«No, signor Amédéo», rispose Mary, seria come un papa. «Lo Spirito Santo non ha nulla a che vedere con tutto questo. Ho osservato una serie di fatti e ne ho tratto una serie di conclusioni, oppure di deduzioni, se preferisce.»

«Deduzioni!» ironizzò Amédéo. «Ebbene, bisogna che lei continui a raccontare. Presumo che diventerà una storia appassionante!»

«Più di quanto pensi, signor Amédéo. Quando lei mi ha sorpreso all'officina Renault, avevo appena scovato la macchia circolare lasciata da un pesante oggetto cilindrico sul pianale del furgone. Macchia che misura cinquantotto centimetri di diametro. Ebbene, quale oggetto è pesante, cilindrico e misura cinquantotto centimetri di diametro?»

«E io cosa ne so?» borbottò Amédéo.

«Invece lo sa benissimo. È un fusto d'olio, uno di quei fusti metallici che si trovano in ogni officina.»

«Non sono gli unici ad avere quel diametro», balbettò Amédéo, in totale malafede.

«Forse no», ammise Mary. «Però sono gli unici che io conosca, per il momento, e se lei potesse indicarne altri sarei pronta a considerare altre ipotesi.»

Allora Amédéo tacque.

«Non ne conosce?» domandò Mary. «Neppure io. Dunque mi attengo alla mia teoria del bidone d'olio. Al teatro all'aperto di Kerhervy ho visto una colatura di cemento recente...»

«E allora?» interruppe Amédéo. «Ci sono stati lavori di edilizia lì, a quanto ne sappia!»

«Ho detto "recente"», puntualizzò Mary. «I lavori ai quali si riferisce lei sono stati compiuti in primavera. Ho trovato identiche macchie di cemento all'interno del furgone, e presso il teatro all'aperto, nel fango, ho trovato impronte molto profonde di pneumatici, lasciate da un furgone Renault Trafic.»

«Perché proprio Renault?» obiettò Amédéo. «Perché non Peugeot o Citroën?»

«È molto semplice, signor Amédéo. La distanza tra le ruote di un Renault Trafic è di un metro e cinquantadue, mentre quella del Peugeot J5 è di un metro e sessantacinque, come quella del Citroën C35.»

«Quanta documentazione», digrignò Amédéo. «Sembra di essere al salone dell'auto!»

«Queste informazioni mi sono state fornite al telefono dai concessionari», spiegò Mary. «È stato un piacere per loro. Posso anche dirle che quella del Mercedes è di un metro e sessantuno, quella del Ford Transit di un metro e sessantotto, quella del Fiat...»

«Va bene, sarà così, signora Sotutto!» esplose Amédéo. «Ormai non le resta che consegnarci il misterioso criminale!»

«Lo desidera davvero, signor Amédéo?»

«Eccome! Siamo in pieno delirio! Che cosa potrà mai inventare ancora?»

«Io non invento nulla! Il colpevole è lei, Marc Amédéo!»

Allora l'ispettore capo guardò il commissario, poi di nuovo Mary, e sbuffò: «Cosa sono queste insinuazioni?»

«Non sono affatto insinuazioni, signor Amédéo. Sono accuse formali. Io, Mary Lester, ispettore tirocinante, l'accuso di avere ucciso prima Antoine Sallabert, poi Maurice Toussaint.»

Dapprima Marc Amédéo impallidì, poi s'infuriò. Con le mani afferrò convulsamente i bordi della sedia come per accingersi a balzare in piedi. «Questo è troppo!» gridò, con voce strozzata dall'indignazione. «Signor commissario... Capo...»

Seduto in poltrona, Lebret assistette allo scontro con gli occhi socchiusi, come un grosso gatto. Sollevò una mano per placare Amédéo, poi ordinò: «Continui, Lester».

Allora Mary proseguì: «Ho iniziato a trovare sospetto il suo atteggiamento, quando, a causa della mia visita all'officina Renault, ha avuto un accesso di collera tanto violento quanto ingiustificato. Avevo compiuto una verifica inutile? Forse, ma lei avrebbe potuto farlo notare con modi pacati, visto che non c'era stata alcuna conseguenza. Ho notato che aveva vesciche alle mani, anche se le sue non sono mani di chi è abituato a lavori manuali. Sembra più portato per le scommesse che per il bricolage. In breve, si sarebbe potuto procurare le vesciche proprio nell'impastare il cemento. In seguito ho raccolto una testimonianza: tutti i lunedì, verso le diciotto, un furgone del Center Marché andava a Kerhervy, cosa che avveniva da almeno un mese. Il furgone era seguito da una Peugeot 205 decappottabile guidata da una donna. I due veicoli se ne andavano intorno alle venti. La mia testimone pensa, a ragione, che si trattasse di una coppia illegittima che andava a divertirsi. A questo punto si potrebbe obiettare che per andare a divertirsi in un bosco in novembre bisogna essere davvero molto innamorati! Era dunque verosimile che la coppia disponesse di un pied-à-terre. A Kerhervy, l'unico luogo adatto a questo genere di attività è una casetta abusiva appollaiata sull'altura, dirimpetto al mare, appartenente alla signora Le Dantec, vedova. Ebbene, questa casetta è stata affittata con assoluta discrezione dal signor Sallabert. Anche se questi non ha dichiarato il proprio nome quando ha stipulato l'accordo per l'affitto, la signora Le Dantec lo ha formalmente riconosciuto dalla fotografia che le ho mostrato. Dunque la testimonianza della signora Le Dantec e il furgone del Center Marché suggeriscono che l'uomo della coppia clandestina è senza dubbio Antoine Sallabert. Qualche obiezione, signor Amédéo? »

L'ispettore capo alzò gli occhi al cielo. « Che mucchio di stupidaggini! »

Ignorandolo, Mary Lester continuò: « Resta da identificare la donna della Peugeot 205 decappottabile. Ebbene, credo che la signora Amédéo possieda proprio una macchina di questo tipo, di colore bianco ». Scandendo le parole, dichiarò: « Il cornuto è lei, Amédéo ».

Con sguardo cattivo, l'ispettore capo si alzò. « Ah, la faccenda è durata fin troppo, piccola mia! Trovo che stia esagerando! Capo, non intendo sopportare altre insolenze da parte di questa stupida chiacchierona! Chiedo il permesso di andarmene. Consulterò il mio avvocato e mi riservo di trarre le dovute conseguenze da questo miscuglio di menzogne, di falsità, di calunnie... Mia moglie possiede una Peugeot 205 bianca decappottabile? Sì, ma non è l'unica in questa regione. La sua testimone ha forse annotato il numero di targa di quella macchina? »

« No, signor Amédéo. »

« Ebbene? » chiese l'ispettore capo. Poi si girò verso il commissario Lebret, starnutì, si soffiò il naso e domandò: « Vuole lasciarla continuare? »

Impassibile, Lebret ordinò: « Continui, Lester ».

«Ah, questo è troppo!» sbottò Amédéo.

Tanto più calma quanto più l'ispettore capo perdeva il controllo, Mary ribatté: «Soltanto ieri ho avuto la certezza della sua colpevolezza».

Verdastro in viso, Amédéo aveva lo sguardo di una belva braccata e la fronte imperlata di grosse gocce di sudore. Nondimeno, non cedette: «Certezza! Sarebbe meglio se ne avesse le prove!»

«Sto per arrivarci, signor Amédéo. La mia storia del bidone ha fatto il giro del commissariato. Tutti si sono molto divertiti. Tutti, tranne lei. La situazione stava diventando pericolosa. Se si fosse deciso di ripescare il bidone... Era una prova, quindi occorreva farlo sparire. Arriva l'alta marea, è il momento adatto. Intorno alle ventitré sarà invece bassa marea. È necessaria una barca a remi. Dunque lei ruba l'*Angèle*, la ormeggia al bidone con la bassa marea e attende che il flusso risalga per far galleggiare la barca e sollevare il bidone. Per sua sfortuna, ha scelto male la barca. L'*Angèle* è troppo piccola, oppure il bidone è troppo pesante. Comunque sia, la barca affonda. Dunque lei è costretto a fare un bagno indesiderato e a sguazzare nella melma per tornare a riva. Così si prende un bel raffreddore. Proprio quando il capo mi ha riferito del suo raffreddore, ho avuto la certezza della sua colpevolezza.» Mary Lester tacque e guardò Amédéo, il quale si sforzò di rimanere impassibile, ma il suo viso restava pallido e contratto.

«Cosa risponde, Amédéo?» domandò il commissario.

«Sono sopraffatto dall'immaginazione di questa giovane donna!»

«Eccezionale, vero?» replicò il commissario. «Sappia che questa è stata anche la mia prima reazione.»

«Ecco, visto?» acclamò Amédéo, trionfante.

«Aspetti il seguito», esortò il commissario. «Infatti abbiamo ripescato il bidone...»

«Voi avete...» balbettò Amédéo con voce strozzata.

«Sì, e dopo avere ripescato il famoso bidone vi abbiamo ritrovato il cadavere di Antoine Sallabert...»

«Il cadavere di Antoine Sallabert», gridò Amédéo. «Ma io non sapevo...»

«Lei non era presente», replicò Lebret. «Era malato. Come avrebbe potuto saperlo? L'assenza, però, le ha permesso di sottrarsi a una schifosa faticaccia. Quel poveretto era in condizioni terribili. Aveva nel petto due pallottole calibro 7,65. Eccole.» Con le punte delle dita, il commissario fece rotolare sulla scrivania due piccoli oggetti metallici. «È un'ottima occasione per lei, Amédéo, perché può discolparsi facilmente dalle accuse della signorina Lester. La balistica le renderà giustizia. Se volesse consegnarmi la sua arma... »

Smorto, con le tempie sudate, Amédéo restò per un attimo pietrificato sulla sedia. Poi si raddrizzò, e con mani tremanti sfilò dalla fondina la sua pistola automatica. Si alzò come al rallentatore, e all'improvviso, con la follia negli occhi, si gettò su Mary Lester. « Non si muova, capo », intimò. Con una mano prese Mary per il colletto della camicetta e la strinse a sé, mentre con l'altra le puntò l'arma dietro un orecchio.

Il commissario aveva perso tutta la sua flemma: si alzò di scatto. « Lei è impazzito, Amédéo! Lasci quell'arma! »

Sghignazzando, Amédéo indietreggiò verso la porta.

« Insomma, che cosa spera mai di ottenere? » Lebret avanzò di due passi.

« Uscire di qui », rispose Amédéo a denti stretti. « Non andrò mai in prigione, signore. La prigione è troppo schifosa. E non si muova! È vero, ho fatto fuori il bastardo che si scopava mia moglie. Poi ho fatto fuori anche il barbone. A questo punto non mi ci vuole niente a far fuori anche una bella ragazza come la signorina Lester, senza la quale non sarei mai stato sospettato di niente. Ora uscirò di qui, prenderò la mia macchina e, se tutto andrà bene, ritroverete Lester ancora viva. Se tutto andrà bene! Non ha scelta... »

« Lester, la scongiuro, non si muova! » implorò il commissario, sconvolto e disperato. « Ubbidisca a ogni suo ordine. È pazzo, completamente pazzo. »

Lester non rispose, Lester era turbata. Sentiva sul collo il respiro caldo e nauseabondo di Amédéo.

Sempre stringendola a sé, l'ispettore capo si avvicinò alla porta e la aprì con la mano con cui impugnava la pistola.

Mary Lester sapeva che quello era il momento: se avesse perso quell'occasione, forse non ne avrebbe avuta un'altra. In un lampo le tornò in mente quello che ha appreso alla scuola di Polizia: rompere l'equilibrio, falciare le gambe, spingere con l'anca. Amédéo si ritrovò steso supino sulla moquette dopo una superba planata. Per la violenza dell'urto aveva perso l'arma, di cui il commissario si era prontamente impadronito. Intanto Mary si rimise in piedi, con il respiro appena affannato, e dichiarò: « Judo, Amédéo. Judo. È la seconda volta che la frega, questa settimana. Lo ammanetto, capo? »

Smorto in viso, il commissario annuì con un gesto della testa, prima di pronunciare qualche breve frase all'interfono. Subito si sentì un affettarsi di passi in corridoio. Entrò Berger, seguito da Le Moal. Entrambi videro Amédéo con la disfatta sul viso e le manette ai polsi.

«Ehi, capo!» esordì Berger. «Cosa...»

In pochi minuti, il commissario Lebret era invecchiato di dieci anni. «L'ispettore capo Amédéo ha appena confessato l'omicidio di Antoine Sallabert e quello di Maurice Toussaint», annunciò con voce stanca. «Arrestatelo e prendete la sua deposizione. Vada anche lei, Lester. Ci rivedremo più tardi.»

10

Distrutto, Marc Amédéo aveva raccontato ogni cosa senza alcuna reticenza, fornendo persino dettagli che non gli erano stati richiesti. Remissivo, aveva firmato senza neppure rileggerla la deposizione dattiloscritta con cura da Le Moal. Ora, seduto su una sedia, fumava con gli occhi fissi nel vuoto.

Mary Lester rilesse la confessione. «È completa», dichiarò.

«Esattamente come avevi immaginato», commentò ammirato Berger, nel leggere stando alle sue spalle. «Manca qualcosa?»

«Sì, manca ancora qualcosa.»

«Ah, sì? E cosa?»

«Le pallottole.»

«Le pallottole? Ma credevo...»

«Credevi che le pallottole fossero state ritrovate nel

cadavere di Sallabert? Lo pensavo anch'io, e ci contavo per confondere questo stronzo. Purtroppo nelle due ferite non erano presenti i proiettili che le avevano provocate. Il povero Sallabert era così piccolo ed esile che il piombo di Amédéo lo ha passato da parte a parte prima di andare a perdersi nella natura.»

«E allora?»

«Allora abbiamo finto di averle ritrovate. Senza quelle pallottole non esisteva alcuna prova. Così ho suggerito al capo di prendere due proiettili calibro 7,65, due proiettili qualsiasi, e quel gradasso dell'ispettore capo è caduto nella trappola. Gli sarebbe bastato negare tutto, visto che non si poteva provare nulla.»

Sorridendo, Amédéo la guardò. «Ben fatto, piccola mia.»

«Ah, non mi chiami più "piccola mia", Amédéo!» scattò Mary.

Il sorriso di Amédéo, raggiante per averla fatta uscire dai gangheri, si allargò.

«E non mi guardi più così!» aggiunse Mary, furiosa. «Le Moal, lo sbatta in cella, santo cielo!»

Il brigadiere accennò all'ispettore capo di seguirlo. Era a disagio nel condurre in prigione colui che fino a quella stessa mattina era stato suo superiore.

Amédéo lo seguì arrendevole, sorridendo a Mary

con aria di sfida. Berger chinò la testa, imbarazzato. La porta si chiuse sbattendo, i passi si allontanarono lungo il corridoio e l'ispettore tirocinante Mary Lester, pensosa, tornò a sedere alla scrivania. Era la sua prima indagine e considerò che il suo destino non fosse affatto banale. Un tentativo, un colpo magistrale, ed ecco che faceva finire in gattabuia il suo diretto superiore. Decisamente, non poteva proprio mai fare come tutti gli altri!

11

Quando Amédéo fu uscito, Mary Lester rimase per qualche tempo immobile alla scrivania, gli occhi fissi nel vuoto.

Anche Berger, seduto sul bordo dell'altra scrivania, era pensieroso. Per un poco picchiettò le unghie sul piano di lamiera dipinta, poi sospirò, come nel destarsi con rammarico da un sogno. «E adesso?»

Mary trasalì. «Come dici?»

«Ho detto: e adesso?»

«E adesso cosa?»

«Be', non saprei. Che si fa?»

Mary si alzò di scatto. «Lo so io! Ti offro un caffè, anzi, tu offri un caffè a me!»

«Buona idea.» Anche Berger si alzò. «Ti offro un caffè per celebrare il tuo trionfo.»

Mary si fermò sulla soglia della porta. «No, tu il

caffè me lo devi, insieme alle scuse per esserti burlato di me a causa di quel dannato bidone. Sei stato tu, bastardo, a raccontare la storia a tutto il commissariato! Confessa! »

« Parlerò soltanto in presenza del mio avvocato », rise Berger, con la mano sul cuore, « Bisogna dimenticare le offese e praticare il perdono, piccola mia! »

« Stronzo », rispose affettuosamente Mary, tirandogli un pugno, che lui schivò.

Il corridoio era ancora deserto.

« A quanto pare l'arresto di Amédéo non ha provocato il trambusto che temevo », commentò Berger. « Nulla si muove nella necropoli! » E aprì la porta del bagno. « Aspettami un momento. » Ma appena varcata la soglia, urlò: « Le Moal! »

A sua volta Mary entrò nel locale piastrellato che puzzava di fenolo, vide Berger accoccolato accanto al brigadiere Le Moal, che giaceva sul pavimento, e rimase interdetta. « Ma cosa... »

« Aiutami! » esortò Berger. « Rimettiamolo in piedi! »

Così, il brigadiere grande e grosso, non ancora del tutto cosciente, fu addossato alla parete bianca. Stentava a sollevare la testa ciondolante.

Mary gli picchiettò le mani. « Allora, Le Moal, che cosa le è successo? »

«Guarda!» Berger indicò un bernoccolo sulla testa del colosso.

«Merda», sibilò Mary, a denti stretti. «Sembra un uovo di piccione! Come può esserselo procurato?»

«Qualcuno lo ha picchiato con quello!» Berger indicò un portasciugamani gettato in un angolo. «E indovina chi può essere stato?»

«Santo cielo!» Mary balzò in piedi. «Amédéo! Lo stronzo ha tagliato la corda! Mi è sembrato tanto strano vederlo così remissivo. Aveva già un piano di fuga. Bisogna avvisare subito il capo!» Si precipitò in corridoio, bussò ed entrò nell'ufficio del commissario senza attenderne l'invito.

Al telefono, evidentemente impegnato in una conversazione difficile con un superiore, Lebret coprì il microfono con il palmo della mano libera e iniziò, in tono di rimprovero: «Insomma, Lester...»

«Capo! Amédéo ha tagliato la corda!»

«Cosa?» Lebret si alzò dalla sedia, mentre il sangue sembrava defluire dal suo viso già pallido. Poi si riprese e disse al telefono: «Un istante, signor prefetto, è accaduta una cosa... Devo occuparmi di un'emergenza... Sì, certo, la richiamerò appena possibile, signor prefetto. La prego di scusarmi...» Interruppe la comunicazione, mentre il rinnovato afflusso di sangue gli imporporava il volto. «Cos'ha detto, Lester?»

«Amédéo, capo. È scappato.»

«Come?»

«Be', Berger e io abbiamo trovato Le Moal in bagno, stordito! Ecco tutto!»

«È assurdo...» balbettò Lebret. «Dov'è Berger?»

«In bagno, con Le Moal.»

Il commissario si precipitò in corridoio, tallonato da Mary. Il brigadiere era ancora seduto dove Mary lo aveva lasciato e Berger gli tamponava le tempie con un fazzoletto bagnato. A poco a poco Le Moal riprese vigore, ma il suo sguardo rimase preoccupato.

«Cosa è successo?» tuonò Lebret.

Come se il grido gli trapanasse il cranio, Le Moal chiuse gli occhi.

«Da quello che ho capito, capo, Amédéo ha chiesto di andare a pisciare, poi si è lavato le mani, e appena Le Moal gli ha mostrato la schiena ha staccato il portasciugamani e lo ha colpito con violenza alla testa.»

«È andata così, Le Moal?» tuonò di nuovo Lebret.

Ancora una volta Le Moal chiuse dolorosamente gli occhi.

«È ancora stordito», intervenne Berger. «Bisognerebbe trasportarlo in infermeria.»

«Se ne occupi lei», ordinò Lebret, nell'uscire. «Devo richiamare il prefetto.»

Stranamente sembrava che nessuno si fosse accorto

del dramma che si era svolto. Nel commissariato regnava ancora una calma profonda.

Rapidamente, Mary scese al banco di ricezione e trovò appisolato l'agente in servizio. Senza tanti riguardi lo svegliò: «Ha visto passare Amédéo?»

L'agente trasalì, poi rifletté. «Amédéo? Ehm... No.»

«Ne è sicuro?»

Di nuovo l'agente rifletté. «Be', sì... Cioè, non è più passato dopo stamattina, quando è arrivato. Dev'essere ancora qui. Perché? C'è forse un'emergenza?»

«Eccome se c'è un'emergenza!» confermò Mary, girando sui tacchi.

«Che cosa gli dico se lo vedo?» chiese l'agente.

«È improbabile che lo si riveda tanto presto», brontolò Mary.

Senza dubbio Amédéo era uscito nel cortile posteriore, dove era solito parcheggiare l'automobile. Mary uscì per la porticina che si apriva sul parcheggio asfaltato. La GS di Amédéo era scomparsa.

All'ingresso del parcheggio, in servizio di guardia, un agente in uniforme passeggiava avanti e indietro.

«Ha visto passare Amédéo?» chiese Mary.

«È appena uscito», rispose l'agente.

«Con la sua auto?»

«Sì.»

«Da quale parte è andato?»

L'agente indicò con un gesto vago: «Di là, verso il centro».

Mary scrollò le spalle. Era un'indicazione troppo generica: dopo essersi avviati verso il centro si poteva procedere in qualunque altra direzione!

Nell'osservare Mary, intrigato, l'agente si accarezzò i magnifici mustacchi biondi.

Rientrata nel commissariato, Mary si recò di nuovo nell'ufficio di Lebret, il quale, al telefono, spiegava la situazione al prefetto. Con un gesto della mano il commissario invitò Mary a entrare. Con un cenno della testa, le chiese se avesse novità, poi, nel vederla scuotere il capo, si strinse nelle spalle, rassegnato. Infine interruppe la comunicazione in tono stanco e deferente: «Bene, signor prefetto!» In poche ore le sue rughe si erano approfondite e adesso il suo sguardo manifestava una profonda stanchezza. Si coprì il viso con le mani e rimase così, immobile, per alcuni istanti, come se non sapesse in che modo agire. Sospirando, guardò di nuovo Mary. «Siamo in un grosso guaio!» gemette. Infine parve riprendersi. Picchiò un pugno sul tavolo, alzandosi, e iniziò a passeggiare avanti e indietro. «Si rende conto, Lester? In questo momento la gendarmeria sta istituendo posti di blocco nelle strade per arrestare l'ispettore capo Marc Amédéo!» Tacque, e per qualche tempo rimase in silenzio, lo sguardo perso. Poi riprese con voce cupa: «L'ispettore capo Marc Amédéo, colpevole di due omicidi, evade dal commissariato centrale di Lorient! Domani vedrà che titoli di giornale! A due mesi dalla pensione! Ah, che figura!»

«Cosa posso fare, capo?» domandò Mary.

«Nulla, piccola mia», rispose Lebret, nel sedere di nuovo. «Lei ha già fatto abbastanza!»

Sorpresa, Mary fissò il commissario. Cosa aveva voluto dire? Aveva forse alluso al suo zelo, al suo accanimento nello scoprire la verità? Forse pensava che se lei si fosse limitata a occuparsi delle statistiche, come le era stato ordinato, senza preoccuparsi di alcunché d'altro, allora la situazione sarebbe stata infinitamente meno complicata. Il barbone sarebbe stato sepolto e il suo caso archiviato come morte accidentale, mentre Sallabert sarebbe rimasto per l'eternità a macerare nella melma sotto il ponte della ferrovia e tutti avrebbero pensato che fosse fuggito, la vita sarebbe continuata secondo consuetudine sia a Lanester che a Lorient, Amédéo sarebbe rimasto l'ispettore capo efficiente che era sempre stato, Lebret si sarebbe dedicato tranquillamente a organizzare la sua festa di pensionamento, e Mary Lester avrebbe continuato a raccogliere denunce per vandalismo e per furto di conigli nella piccola stazione di Polizia incuneata tra la banca e il veterinario: una stazione di Polizia piccola e linda, come una bottega qualsiasi... Invece ecco che Mary Lester era arrivata e aveva sconvolto tutto quel bel programma. Non aveva rispettato il copione tradizionale secondo cui gli ispettori tirocinanti si limitano a registrare quello che capita senza curarsi di tutto il resto. Per tutto il resto, il tempo non mancava, vero?

A sua volta, Lebret la fissò e disse, quasi in tono di rimprovero: «Suvvia, Lester! Se ne torni a casa! Che cosa vuole fare di più? I gendarmi sono allertati e tutte le procedure applicabili in simili casi sono state avviate. Non mi resta che ricevere i giornalisti e raccontare loro tutta la storia. Be', mi creda, non è affatto la parte più piacevole del programma!»

Con rammarico, Mary ubbidì. Avrebbe voluto partecipare alle ricerche, però, come aveva osservato il commissario, cos'avrebbe mai potuto fare?

A bordo della sua piccola auto, per le strade grigie della città, ritornò al suo appartamento.

La notte le parve interminabile. Incapace di prendere sonno, si sforzò senza posa di mettersi nei panni di Amédéo. Come avrebbe agito se fosse stata nella sua condizione? Tutti pensavano che fosse fuggito verso sud per tentare di ritornare nella sua terra natale, la Corsica. Se vi fosse riuscito, sarebbe stato arduo scovarlo.

Invece Mary stentava a ritenere fondata tale ipotesi. Amédéo era imprevedibile. Conosceva tutti i trucchi del mestiere, quindi non sarebbe stato affatto facile mettergli le mani addosso.

Il giorno dopo Mary arrivò prestissimo al commissariato, dove regnava una strana atmosfera. Tutti parlavano sottovoce come nella casa di un morto. I colleghi ispettori sembravano evitarla per escluderla, oltre che dall'indagine, anche dagli aggiornamenti che senza dubbio avevano ricevuto.

Il «suo» ufficio, quello che aveva condiviso con Amédéo quando non era in servizio a Lanester, era deserto. Nessuno aveva lasciato messaggi. Era vuoto anche l'ufficio di Berger. Il piantone davanti alla porta dell'ufficio del commissario divisionale Lebret dichiarò che questi era «in riunione» e che aveva ordinato di non essere disturbato per alcun motivo.

Senza mansioni da svolgere, Mary scese nell'atrio e vi si attardò. Il telefono squillava ininterrottamente e l'agente di turno trasmetteva le comunicazioni ai loro destinatari, lanciandole di quando in quando occhiate torve.

Così Mary ebbe la sgradevole impressione di essere indesiderata e finì per uscire nel parcheggio con l'intenzione di rimontare in auto e recarsi alla piccola stazione di Lanester, dove, se non altro, nessuno l'avrebbe guardata con ostilità.

Si sentiva come svuotata, disillusa. Accese il motore, inserì la prima grattando un poco e nello stesso istante vide Lebret e Berger scendere di corsa i gradini di pietra e precipitarsi a bordo di un'auto di servizio.

La bianca giardinetta Renault partì come una formula uno con gran stridore di pneumatici. Allora Mary ebbe un tuffo al cuore e partì a sua volta. Al volante, Berger proseguì a tutta velocità, aprendosi la strada nel traffico con sirena e lampeggiante. Anche se la piccola Austin faticava a seguirlo, Mary non perse di vista il lampeggiante.

La Renault prese la strada per Lanester...

Il ponte di Bonhomme all'uscita di Lanester era un'opera in cemento decisamente moderna che scavalcava il Blavet in direzione di Quiberon. All'uscita del ponte, una stele in granito a forma di menhir, collocata in una sorta di giardinetto, informava i visitatori che la sua costruzione risaliva al 1974 e che era stato inaugurato da un certo signor Marcellin, di nome Raymond, un tempo ministro del generale de Gaulle.

Parallelamente a tale opera, restavano le strutture dell'antico ponte, anche se la piattaforma era scomparsa, ossia due alte torri in pietra in cima alle quali erano scavate due nicchie che in passato avevano accolto le statue in pietra di due personaggi, «il buonuomo» e la «brava donna».

Un bel giorno la coppia pietrificata sparì, rapita da malvagi buontemponi. In seguito fu ritrovata, però, nel timore che fosse di nuovo rapita, fu collocata al sicuro nei locali del municipio. Nonostante la sua assenza il luogo ne custodiva il ricordo e il ponte in cemento era chiamato anch'esso ponte di Bonhomme, il ponte del Buonuomo.

L'auto del commissario era ferma all'ingresso del ponte, accanto a un furgone blu della gendarmeria e a un furgone rosso dei pompieri. Sul ponte, alcune transenne lampeggiavano a segnalare un incidente.

Mary parcheggiò dietro la macchina bianca. Il parapetto era divelto per alcuni metri. Il traffico procedeva lentissimo e la vista della breccia nel solido parapetto metallico strappava commenti e gesti vari agli automobilisti.

Verosimilmente un'automobile aveva compiuto il grande salto. Tremante, Mary si sporse verso il baratro. Per il momento non vide nulla. Il veicolo doveva trovarsi ad alcuni metri di profondità nelle acque verdi, che un vento freddo di nordest copriva di schiuma biancastra, quindici metri più in basso.

Il commissario divisionale Lebret tornò verso Mary, che non si era mossa. Si fermò a pochi passi di distanza da lei, sempre seguito da Berger, che però rimase in disparte. «Ah, ecco! Lester! Non avrei dovuto dubitarne! Un ponte e una caduta: lei non poteva mancare!»

«Capo, chi è?» domandò Mary, aggrappandosi con molta forza al freddo metallo del parapetto.

«Come?» ironizzò Lebret. «Non lo indovina? La sapevo più perspicace!»

«È Amédéo!» rispose Mary.

«Esatto!» Lebret si rivolse a Berger. «Non le si può proprio nascondere nulla! Bene, visto che è qui, venga, allora!»

In basso, sulla riva, presso i piloni, alcuni uomini rana finivano di equipaggiarsi. I tre poliziotti scesero a raggiungerli. Il pendio era ripido, la fanghiglia scivolava sotto i loro passi e i rovi s'impigliavano nei pantaloni. Il commissario imprecò quando un ramo basso gli staccò il cappello. Berger lo raccolse e glielo porse. Con un cenno della testa, Lebret lo ringraziò, quindi si spolverò accuratamente il Fléchet grigio su una manica e proseguì la discesa con prudenza, attento a non concluderla sulle chiappe, cosa che sarebbe risultata nefasta per la sua dignità e fatale per i suoi calzoni. Intanto pensava che presto avrebbe dovuto risalire quella ripida china e non ne traeva affatto una gioia soverchiante.

Alcune barche erano ormeggiate a valle del ponte e la tramontana soffiava lugubre tra le alberature metalliche.

« Ebbene? » domandò Lebret, nello stringere la mano a entrambi i pompieri rimasti sulla riva.

Uno dei due pompiere accennò con la testa verso il fiume. Era François, il biondo grande e grosso che aveva ripescato il bidone sotto il ponte della ferrovia. « Si sono immersi di nuovo. Erano risaliti per munirsi di lampade poiché l'acqua è torbida. Comunque si tratta senza dubbio di una GS bruna metallizzata, immatricolata 1247 2 B. »

« Immatricolata a Bastia », precisò Berger.

In due anni trascorsi a Lorient, Amédéo non aveva trovato il tempo di regolarizzare l'immatricolazione.

« Non c'è nessuno all'interno », riprese François. « Il treno anteriore e la fiancata destra della vettura sono molto danneggiate. »

Ridendo, l'altro pompiere accennò con un pollice verso il ponte, in alto: « Viste le condizioni del parapetto... »

« La portiera anteriore sinistra è spalancata », aggiunse François.

Pensoso, Lebret fissava le acque verdi e schiumanti

che correvano rapide dinanzi a lui. Provava una sorta di fascinazione, di vertigine, nel contemplare quella massa silenziosa, mossa da una potenza invisibile e irresistibile. Amédéo amava i ponti. Dove aveva già sentito tale frase? Sorrise tra sé. Ancora un pensiero strampalato. All'inizio di ogni anno, Amédéo spulciava il nuovo calendario, interessandosi in modo particolare alle feste vicine al fine settimana che potevano creare un «ponte» di tre o quattro giorni di vacanza consecutivi. Tale mania non era sfuggita ai colleghi, che non avevano mancato di prenderlo in giro: Amédéo, il re dei ponti... Lebret rammentò la frase. Povero Amédéo, che non si era limitato ai «ponti» festivi! Avrebbe evitato un sacco di noie a tutti, e soprattutto a se stesso!

Senza dire una parola, Berger e Mary rimasero leggermente in disparte.

Strano animale dalla pelle di gomma nera, un pompiere emerse, subito seguito da un altro. Nuotando energicamente per lottare contro la corrente, tornarono entrambi a riva.

«Ebbene?» domandò ancora una volta Lebret.

I pompieri si sbarazzarono delle maschere e scossero la testa.

Il primo rispose: «Niente!» Poi annunciò al biondo grande e grosso: «Bisogna imbracare, François».

Il secondo domandò: «Credi che la corrente...?»

«Certo! Tira forte verso il largo. Sarebbe da stupidi perderla! Poi, per ritrovarla laggiù...» A sottolineare l'entità del compito, il primo pompiere indicò con un ampio gesto il grande estuario del Blavet, che si svasava verso il largo e l'île de Groix.

Il commissario Lebret si curvò sui due pompieri, seduti sulla riva con le pinne in acqua. «Niente all'interno?»

Nel tergere il vetro della maschera con il palmo di una mano, il primo pompiere rispose: «Non abbiamo visto niente, signore, nessuno a bordo. Il cadavere dev'essere stato rapito dalla corrente. La portiera sinistra è spalancata. Anche se l'autista avesse agganciato la cintura...» accenna al largo con un gesto vago, come se Amédéo fosse ormai in alto mare, a navigare sulle correnti tra Groix e Belle-Île. «Invece la cintura non è stata allacciata, quindi...»

Sulla sabbia rossa della riva, dove le alghe a brandelli si mescolavano alle foglie morte e agli aghi di pino in una sinuosa frangia bruna e nera depositata dalla marea, il commissario Lebret mosse qualche passo e respirò profondamente alcune volte, fiutando con delizia il profumo dolce e forte che si diffondeva solo nelle regioni benedette in cui, due volte al giorno, il mare si sposava con la selva. Poi, con le mani intrecciate dietro la schiena, tornò indietro e si fermò a tre passi da Mary. « Ecco, ispettore. Ecco l'epilogo di una storia assai penosa. Come dicono i giornali, così l'azione della giustizia si esaurisce... »

« Lei crede che si sia...? » Mary non osò terminare la frase.

Il commissario non ebbe paura di concluderla. « Suicidato? È probabile. » E riprese a camminare. « Vede, Lester, qualunque cosa lei ne possa pensare, Amédéo era un bravo sbirro. » Osservò la giovane donna che lo affiancava ed ebbe l'impressione di intravedere sulle sue labbra un sorriso dubbioso. Così si affrettò ad aggiungere: « A ciascuno il suo stile. Per eseguire uno stesso lavoro si possono impiegare metodi diversi. Lei non amava quelli usati da Amédéo, e lui non comprendeva quelli usati da lei, Lester... Tuttavia le posso dire che nei due anni in cui è stato ai miei ordini, Amédéo ha ottenuto ottimi risultati. Ha concluso con esiti positivi tutte le indagini che gli sono state affidate, e ciò avviene di rado. Ebbene, proprio perché era un bravo sbirro, conosceva meglio di chiunque altro l'efficienza della Polizia. Sapeva che presto o tardi prevaliamo sempre. Aveva commesso uno di quei crimini che ogni anno si commettono a decine in Francia: un crimine passionale. Supponiamo che dopo avere ucciso Sallabert si fosse costituito. Sarebbe venuto da me e avrebbe offerto le braccia, dichiarando: "Capo, ho ucciso un uomo..." Allora sarebbe stato arrestato, naturalmente, e giudicato. Quale avrebbe potuto essere la condanna? Una pena minima, con la condizionale. Marito tradito, si era battuto con l'amante della moglie e aveva sparato per difendersi. Con una versione come questa, l'ultimo degli avvocati d'ufficio avrebbe strappato le lacrime a qualsiasi giuria!»

«Tuttavia sarebbe stato radiato dalla Polizia», osservò Mary.

Il commissario sospirò. «Ha ragione, Lester, sarebbe stato radiato dalla Polizia. Ecco perché ha deciso di agire come ha agito. Infatti avrebbe perso il mestiere che amava e sarebbe stato punito per qualcosa di cui non aveva colpa, o di cui sentiva di non avere alcuna colpa. Ah, il sentimento d'ingiustizia... È importante, il sentimento d'ingiustizia! I teppistelli che rubano i motorini e le giacche di pelle dei loro compagni più fortunati sono spinti da un sentimento d'ingiustizia che ai loro occhi giustifica le loro stesse azioni. Sono giovani, come gli altri, eppure non hanno le medesime opportunità. Perché? Non c'è motivo! Quindi non è giusto! E dato che non ci sono più parroci a predicare la rassegnazione...»

Lebret e Mary Lester risalirono la scarpata per tornare sulla strada. A metà salita, con il respiro affannoso, il commissario sedette sul tronco di un albero abbattuto dalla tempesta, troppo affaticato per preoccuparsi dei suoi bei pantaloni grigi, e accese una sigaretta. «Non gliene offro una, Lester, perché, se non sbaglio, lei non fuma...»

Mary negò scuotendo la testa. «No, capo.»

«Ha ragione...» Deliziato, Lebret esalò una nube di fumo bianco. «Io ormai non ho più fiato...» Dimenticò di dire che ciò non dipendeva soltanto dal tabacco, bensì anche da sessant'anni passati abbondantemente, una pancia ragguardevole e una cronica mancanza di esercizio fisico.

Intanto, laggiù sulla riva, i pompieri s'immersero di nuovo nel fiume muniti di un grosso cavo con cui ormeggiare la vettura, in attesa che una gru arrivasse a pescarla dalle acque.

Sul ponte, alcuni operai municipali riparavano la breccia nel parapetto con barriere metalliche di protezione, mentre i gendarmi collocavano altri cartelli luminosi e l'intenso traffico automobilistico riprendeva veloce in entrambe le direzioni con un fragore incessante.

Appena ebbe ripreso fiato, il commissario ricominciò a salire, ansimando e sbuffando, seguito da Mary, agile per il privilegio dell'età.

Finalmente giunsero sulla banchina a lato della strada.

« La riaccompagno, capo? » propose Mary.

Alla vista della piccola Austin nera, Lebret sorrise. « Grazie, Lester. Ho il mio autista. » E s'incamminò verso la Renault in cui l'attendeva Berger.

12

A Lorient, Mary posteggiò la Austin in piazza Jules Ferry, nel parcheggio più vicino al commissariato, dietro il Palais des Congrès. Il giardinetto pubblico intorno a quel palazzo di cemento imbandierato di drappi multicolori era adorno di una grande vasca lastricata a mosaico, da cui, nei giorni festivi, venivano fuori getti d'acqua. Non erano così impressionanti come quelli della fontana di Apollo a Versailles nei giorni delle Grandes Eaux, tuttavia l'intenzione non mancava. In quel momento era asciutta, triste, glauca, e tra i rubinetti di ottone verderame saltellavano due cani.

In fondo alla piazza, un vecchietto contemplava pensosamente il monumento ai caduti, dove due giganteschi militi della Grande Guerra, pietrificati nel granito per l'eternità in una impeccabile posizione di attenti, fissavano la viceprefettura con sguardo mineralizzato.

Lungo, basso e grigio, il commissariato centrale si stendeva oltre i propri cancelli lungo il quai de Rohan. In fondo alla strada, il bacino galleggiante del porticciolo era coperto di navigli, le cui alberature superavano in altezza le cime degli alberi spogli. Poco più giù, dirimpetto al mare, si scorgeva l'imbarcadero per Groix, dove, durante la bella stagione, la navetta si riempiva di turisti. Era una città in cui, in pieno centro, era più facile ormeggiare un naviglio che parcheggiare un'automobile...

Spinta la pesante porta metallica, Mary salì la scala.

Già rientrato in ufficio, Berger, nel vederla, esordì: «E così, il cerchio è chiuso...»

«Quale cerchio?» chiese Mary con voce pacata, nel sedere disinvolta su un angolo della scrivania.

«Come quale cerchio?» esclamò Berger. «Ma...»

«Ma cosa?»

«Finito Amédéo, finito l'inseguimento.»

«Esatto. Ammesso che sia morto...»

«Come ammesso che sia morto?» chiese Berger, sorpreso e indignato. «Credi forse che sia sopravvissuto a una caduta come quella?»

«Ammesso che sia caduto, no.»

«Come, ammesso che sia caduto?»

«Piantala con questa sfilza di domande! Hai forse visto il cadavere di Amédéo?»

«No, ma...»

«Ma cosa?»

«Sarà stato portato via dalla corrente!»

«Pura ipotesi!»

«Ah, be'!» s'indignò Berger, picchiando un pugno sulla scrivania. «Insomma, la sua macchina ha sfondato il parapetto del ponte ed è precipitata in acqua.»

«D'accordo.»

«Hai visto da quale altezza?»

«Ho visto.»

«Dev'essere morto, Mary!»

«Sì», concesse Mary, poco convinta. «Deve, o almeno, dovrebbe... Però io non l'ho visto. Nessuno l'ha visto. Ricorda che quando insistevo a sostenere che Sallabert era morto, lui stesso ha ribattuto: "Mi mostri il cadavere, piccola mia, mi mostri il cadavere e apriremo subito un'indagine!" E aveva ragione. Ci ha presi sul serio soltanto quando ha saputo che il cadavere di Sallabert era stato ritrovato. Dunque ti ripeto, Berger, che crederò alla morte di Amédéo soltanto quando avrò visto il cadavere: non prima.»

Scuotendo la testa, Berger si alzò e mosse qualche passo, battendo le mani. «Sei sempre così noiosa, Mary! Lo vedrai, il cadavere! Uno di questi giorni un peschereccio lo trasporterà a pont Coupé oppure a Kéroman.»

«D'accordo. Mi avviserai, quando succederà. Allora crederò davvero alla sua morte. Nel frattempo...»

Lasciandosi cadere sulla sedia, Berger sibilò: «Testona!»

Mary sorrise. «Dimmi una cosa, il capo...?»

«Terribilmente sollevato!» rispose Berger, con un gran sorriso. «È attaccato al telefono da quando è rientrato: prefettura, ministero... Senza sosta, ti assicuro. Non ha neanche pensato a rimproverarci!»

«Perfetto. Vedo che tutti quanti sono molto occupati. Quanto a me, non ho più un capo.»

«Cosa?»

«Be', me l'hai detto tu che è morto! Ora me ne vado a spasso!»

«Dove vai?» Berger corrugò la fronte.

«In città, di qua, di là...» rispose Mary con un sorrisino, nell'avviarsi alla porta.

«Macché!» ribatté Berger, sospettoso. «Scommetto che stai architettando qualche stronzata e che non ne rimarrò stupito!»

«Ma no! Non metterti certe idee!» replicò Mary, con frivolezza. «Ci vediamo!»

Le automobili correvano sul quai de Rohan. Era mezzogiorno. I genitori andavano a prendere i figli al liceo Saint-Louis. All'angolo di due strade, dirimpetto all'albergo Mercure, una guardia in uniforme passeggiava avanti e indietro con una ricetrasmittente in mano. Era l'agente dai fieri mustacchi biondi. Nel bloccare per un momento il traffico in modo da permetterle di attraversare, sorrise a Mary.

Dopo avere pranzato rapidamente in una tavola calda presso la posta, Mary tornò alla piccola Austin. Era proprio una strana storia, quella di Marc Amédéo. Cosa stava facendo in quel momento sua moglie? Quali sentimenti provava? Dolore? Pietà? Sollievo? Chissà!

D'istinto, Mary si diresse al deposito di legname di Lanester, dove Aimable Maugracieux aveva scoperto il cadavere di Maurice Toussaint, e costeggiò i pali nerastri che emergevano dall'acqua calma. Poi si fermò sotto il ponte della ferrovia e avanzò sulla riva, dove i pompieri avevano recuperato il macabro bidone. La residenza del defunto Maurice Toussaint era ancora là, e vi sarebbe rimasta a lungo. La reputazione che avevano i tedeschi di erigere costruzioni solide non era affatto usurpata! Si poteva prevedere che in breve tempo un altro barbone avrebbe occupato l'abitazione di Momo. Per il momento, la casamatta appariva vuota.

Per un lungo momento Mary indugiò a contemplare il grande cartello installato dalla Marina nazionale: «Cavi ad alta tensione. Distanza 7 metri a valle del ponte. Vietato ormeggiare a meno di 20 metri a monte e a valle». Non era stato forse quello stesso cartello a decidere la sorte di Amédéo? Probabilmente sì. Chissà cosa gli era passato per la testa!

Risalita in auto, Mary attraversò Lanester e arrivò al ponte di Bonhomme. Si comportava come chi intendesse abbandonare definitivamente un luogo familiare e desiderasse impregnarsi un'ultima volta dell'atmosfera di quei luoghi che avrebbe perduto per sempre.

Dopo avere attraversato il ponte, eseguì una conversione a U e si fermò un momento dinanzi al menhir con la targa commemorativa dell'inaugurazione.

Pochi passi la condussero in un punto a picco sul fiume. Soltanto le barriere metalliche che chiudevano provvisoriamente la breccia nel parapetto rammentavano il dramma che vi si era svolto la notte precedente. Allora notò che sulla strada non si scorgeva la minima traccia di frenata e che l'urto con il cerchione aveva smussato il bordo del marciapiede.

A sinistra la vista spaziava verso il largo, l'oceano

sul quale si erano avventurati tanti bastimenti per conquistare la seta, l'avorio e le spezie d'Oriente, ai tempi gloriosi della Compagnia delle Indie... A destra, il Blavet arrivava serpeggiando da Hennebont, la vecchia città delle fucine che all'inizio del ventesimo secolo aveva conosciuto un'intensa attività marittima e commerciale, e che da tempo era in letargo.

Ormai il Blavet non era altro che un parcheggio di panfili e un cimitero di navigli. Mary scorgeva i relitti nell'insenatura. Si poteva avvistare anche la casetta della signora Le Dantec? No. Però, sotto il ponte, un sentiero lungo la riva conduceva a Kerhervy. Era una scorciatoia notevole, percorribile soltanto a piedi. Gli zingari erano scomparsi e un bulldozer ammassava montagne di terra per dissuaderne altri dall'accamparsi in quei luoghi incantevoli. Ormai, volenti o nolenti, i nomadi sarebbero stati costretti a installarsi nel campo costruito appositamente lungo la strada principale.

Aveva preso a cadere una pioggia tenue: l'acquerugiola. Non soffiava una bava di vento e il tempo era stranamente dolce. Acquerugiola e dolcezza dell'aria: un autentico tempo bretone.

Fu necessario azionare il tergicristallo, tuttavia l'acquerugiola era così scarsa che la spazzola strideva sul parabrezza. Vicino il teatro all'aperto, sempre lugubre, Mary sostò un istante a motore acceso, infine ritornò piano alla casetta della signora Le Dantec. Era decisamente un pellegrinaggio...

In effetti, Mary avrebbe dovuto restituire le chiavi alla signora Le Dantec. Le girò e le rigirò nella tasca del montgomery, poi smontò dalla Austin. Prima di tornare dalla vecchia signora avrebbe dato un'ultima occhiata alla casetta. Dopo, sarebbe finita. Scavalcò di nuovo la staccionata in legno grezzo, inserì la chiave nella serratura, aprì la porta e rimase sulla soglia, paralizzata.

Di nuovo, come la prima volta, quando aveva scoperto la chiazza di cemento nel teatro all'aperto, provò una sorta di malessere e percepì un'angoscia diffusa. Di nuovo ebbe una smania folle di girarsi e di fuggire verso le luci rassicuranti della città. Eppure le sembrava d'indossare calzature di piombo, come se una volontà più forte della sua la inchiodasse al pavimento.

A un tratto le parve di udire un cigolio, un respiro. Nella casetta c'era qualcuno. L'atmosfera era pesante, soffocante, come quella di una tana in cui si fosse rifugiata una belva ferita.

Si udì un altro cigolio. Mary avrebbe voluto correre, precipitarsi giù per il sentiero, urlare, insomma fare qualunque cosa. Invece era pietrificata, paralizzata dinanzi a quel pericolo ignoto.

« È lei, Lester? »

Fu come se una mano di ghiaccio le serrasse il cuore. Dio, quella voce! Proveniva dall'oltretomba! Mary ebbe l'impressione che la pelle le si raggrinzisse, e le sue gambe vacillarono, costringendola ad aggrapparsi goffamente con una mano alla cornice della porta. Nella casetta l'oscurità era totale.

« Entri », gracidò la voce.

Esitando, contro la sua volontà, Mary avanzò di tre passi, come una sonnambula. « Amédéo », disse in un soffio. Poi si coprì la bocca con le mani per soffocare un urlo.

« Non abbia paura, Lester. » La voce era rauca, ma calma.

Dal letto, due occhi di brace fissarono Mary Lester, la quale, come spinta da una forza irresistibile, avanzò di altri due passi.

« Sapevo che, se qualcuno fosse riuscito a trovarmi, sarebbe stata lei. » Ora il respiro era sordo. « Non avrebbe una sigaretta? No, è vero: lei non fuma. La cosa che più mi manca, Lester, è il tabacco. Non mangio da due giorni, eppure ciò che mi manca non è il cibo, ma il tabacco. » Amédéo fu squassato da un tremendo accesso di tosse.

Con la vista ormai abituata all'oscurità, Mary lo vide comprimersi un fianco in preda a una sofferenza indicibile. Balbettò: «È ferito?»

Con la mano sul fianco, Amédéo riprese ad ansimare lentamente. «Nulla di grave... Soltanto qualche costola rotta. Fa male solo quando rido e quando tossisco. Per fortuna il raffreddore non è ancora passato, altrimenti non avrei neppure il divertimento di accorgermi che sono ferito. Da qualche giorno, infatti, le occasioni di ridere sono rare!»

«Che cosa posso fare?» chiese Mary.

«Non puoi fare niente, piccola», rispose Amédéo, passando improvvisamente al tu. «Lascia perdere. Hai già fatto abbastanza per me!»

A un tratto, dinanzi a quell'uomo che aveva tanto odiato e che tanto soffriva, Mary si sentì terribilmente in imbarazzo, quasi colpevole. Come se all'improvviso le fosse doveroso giustificarsi, esordì: «Era necessario...»

Ghignando, Amédéo riprese: «Sì, era necessario, piccola brava sbirra, era necessario che tu seguissi la pista fino in fondo. Be', voglio dirti una cosa incredibile: mi somigli!» Inclinò la testa. «Non ti vedo bene. Sei controluce. Dovresti chiudere la porta e accendere le candele. I fiammiferi sono sul tavolo.»

Ubbidendo, Mary accese le candele del candelabro

d'ottone. Una luce gialla dilavò l'ambiente, rischiarando Amédéo in condizioni pietose, tremante di febbre nel grande letto. Il suo viso ossuto appariva ancora più smagrito e la luce tremolante delle candele ne accentuava i rilievi. Le borse degli occhi gli cadevano a metà delle guance, la scura carnagione mediterranea aveva assunto una malsana tinta olivastra, e la barba era incolta da due giorni... Un autentico ceffo da foto segnaletica. Gli mancava soltanto di avere appeso al collo il cartellino con i numeri impressi in nero con lo stampino, ma ormai non era che una questione di tempo.

Senza dubbio Amédéo lesse sul volto di Mary, meglio che in uno specchio, i sentimenti che ispirava. «Non devo essere granché bello, eh?»

Mary scrollò le spalle in un gesto quasi impercettibile, come a dire: «Cosa importa?»

«Non restare in piedi. Su, prendi una sedia!»

Mary tirò a sé una sedia impagliata e sedette sul bordo.

Amédéo la contemplò, e per qualche momento non si udì altro che il suo respiro affannoso. Infine riprese: «Quando ho detto che mi somigli ti ho sconvolta, vero, piccola?» Il silenzio di Mary lo indusse a insistere: «Ammettilo: ti ho sconvolta!»

Con voce timida, Mary replicò: «Non vedo cosa...»

«No, tu non vedi... Di sicuro non mi riferisco all'aspetto fisico. Io sono vecchio, mentre tu sei giovane e bella... Quello che volevo dire, è che l'aspetto per cui mi somigli è il tuo fiuto: il tuo fiuto di sbirro. Se non ci fossi stata tu, li avrei raggirati tutti quanti: Lebret, Berger e tutti gli altri. Sallabert se ne starebbe tranquillo sotto il ponte della ferrovia ad affondare nella melma un po' di più anno dopo anno, fino a scomparire, Toutousse sarebbe in una fossa comune e io, Amédéo, continuerei a essere ispettore capo... Continuerei a chiedere di essere trasferito a Marsiglia, a Tolone o ad Ajaccio, e finirei per ottenere il trasferimento e me ne starei ad aspettare la pensione al sole. Così, invece...» Si stese di nuovo supino sul letto, tacque e parve sprofondare in un sogno di calanchi, sole, pastis e spensieratezza.

Sempre rigida sulla sedia, Mary non proferì parola.

Finalmente Amédéo sollevò il busto. «Che tempo fa fuori, piccola?»

«Piove. Il cielo è grigio. Non c'è vento.»

«Capisco», rispose Amédéo, con una smorfia di sorriso. «Una pioggerella fine e tenace che bagna più di un acquazzone estivo...»

«Sì, signore.»

«È l'acquerugiola, Lester. Ho conosciuto l'aridità, in Africa, e le burrasche tropicali che a cateratte inondano tutto, travolgendo strade e gente... Ma nulla è più temibile e più deprimente dell'acquerugiola di Lanester: più della grandine e più del maestrale... Conosci il maestrale, piccola?»

«Sì, signore.»

«E la tramontana?»

«Ne ho sentito parlare.»

La semplice evocazione del maestrale e della tramontana aveva restituito ad Amédéo un accento alla Marcel Pagnol. «Eh, be', io ho perduto la tramontana venendo qui. Nel mio paese, quando si dice a qualcuno che ha perso la tramontana, significa che ha perso il senno, che non sa più quello che fa, che si rincoglionisce. Ecco, bisogna essere rincoglioniti per chiedere di essere trasferiti in questo paese di acquerugiola e mestizia!»

«Perché? È stato lei a chiedere di essere trasferito a Lorient?» si stupì Mary.

«Eh, sì», sospirò Amédéo. «È incredibile, vero? Ma c'è tutta una storia...» S'interruppe un istante per recuperare a fatica il fiato, quindi riprese con voce sibilante. «Nella vita ho avuto una grande fortuna: fare un mestiere che amavo. Ho avuto anche una grande sfortuna: innamorarmi follemente a quarant'anni passati e per giunta di una ventenne... Ah, piccola, era bella come la Madonna! L'ho sposata contro il parere di tutti i miei amici, che mi raccomandavano: "Fai attenzione, Amédéo, si dice che..." Ah, non me ne fregava niente dei loro avvertimenti! Dicevo a me stesso che erano gelosi! Quando l'ho sposata non avrei potuto essere più felice. Purtroppo quella felicità non è durata a lungo. Ti dirò una cosa che non ho mai detto a nessuno, perché mi costringe a usare parole che fanno male: mia moglie è una puttana! So bene che le puttane di lusso sono chiamate ragazze squillo, perché suona meno volgare. Nondimeno sono comunque puttane! Soltanto più tardi ho saputo che la mia era sfruttata da un corso, un lurido delinquente, pericoloso come un serpente velenoso. Era stato lui a spingerla a sposarmi, contando che presto o tardi ne avrebbe tratto vantaggio...» Di nuovo tacque, e nel silenzio non si udì altro che il suo respiro sibilante.

Allora Mary pensò che la scena doveva essere completamente surreale: un vecchio sbirro corrotto, febbricitante, sfibrato, che raccontava le sue sventure sentimentali in una casetta nel bosco a lume di candela...

Appena ebbe recuperato un poco il fiato, Amédéo riprese a raccontare. «Ti ho detto che amavo il mio mestiere e che amavo mia moglie... Che fare? Abbandonare il mio mestiere? Impensabile! Per fare cosa, poi? Cosa può fare uno sbirro in contrasto con il commissariato, se non il malvivente? Era escluso. Abbandonare mia moglie? Impensabile! L'amo più che mai! Se la perdessi, non potrei più vivere. Ho creduto di trovare scampo nella fuga e ho chiesto di essere trasferito lontano, al nord: dove, non aveva alcuna importanza. E sono stato trasferito qui, a Lorient. Però mia moglie non ha rinunciato a fare la puttana. Il suo ruffiano si è trasferito qui a perseguitarla. L'ho sbattuto dentro, e per parecchio tempo. Come per caso, è stata trovata cocaina nei suoi bagagli. È capitato a proposito, vero?» Chiuse gli occhi e sorrise, felice del bello scherzo giocato al rivale. Poi guardò di nuovo Mary. «Sai, piccola, che mi hai fatto molto male? Non è stato quando mi hai fatto arrestare, no, anzi, in quel caso ho ammirato le tue capacità di sbirra. Il colpo delle pallottole... tanto di cappello! Di sicuro non è stato quell'idiota di Lebret ad avere questa idea... No, mi hai fatto molto male quando, nel raccontare la tua storia, mi hai chiamato cornuto, senza nominarmi, ma alludendo senz'altro a me. Hai detto "Il cornuto ha fatto questo, il cornuto ha fatto quello..." Ecco, questo mi ha fatto male.»

Mentre Amédéo, nel pronunciare quelle parole, la osservava, Mary ebbe l'impressione di scorgere una lacrima scendergli lungo il naso. Avvilita, chinò la testa, sentendosi terribilmente colpevole. Eppure... Eppure Amédéo aveva ucciso due volte. Con questa consapevolezza, raddrizzò di nuovo la testa.

Allora Amédéo la scrutò intensamente, e parve leggerle nel pensiero. «Devo dirti ancora una cosa, piccola. La tua ricostruzione è solida e coerente, certo: hai sbagliato soltanto a proposito di una cosa...»

Sorpresa, Mary increspò le sopracciglia.

Con voce sorda, risoluto a essere persuasivo, Amédéo continuò: «Non ho ucciso Sallabert».

Nell'udire tale affermazione, Mary non riuscì a trattenere un gesto di protesta, che non sfuggì ad Amédéo. L'ispettore capo sollevò una mano per prevenire la sua immancabile obiezione. Comunque lei ribatté: «Ma... Ha confessato!»

«Ho confessato, ho confessato...» ammise Amédéo, con una scrollata di spalle che gli strappò una smorfia di dolore. «Sicuro, cos'altro avrei potuto fare?» Sospirò. «Ascolta: non ne ho più per molto...» Ebbe l'impressione che Mary si accingesse a replicare, e di nuovo sollevò una mano per intimarle di tacere. «Stai per dirmi che con qualche costola rotta non si muore. È vero: non si muore. Però io non ho più alcuna voglia di vivere. Contro questo, cosa si può fare?»

Rigida sulla sedia, Mary beveva ogni sua parola, affascinata.

Con fatica, Amédéo aspirò una boccata d'aria, quindi riprese, in un soffio: «Hai visto giusto fino al momento in cui ho aggredito Sallabert per impartirgli una lezione. È vero, ero sicuro del fatto mio... Un simile ometto! È vero, sono stato colto di sorpresa... È vero che mi ha fatto fare un volo, ma soltanto uno. Non ho avuto il tempo di farne due. Sono caduto a terra con una tale violenza da perdere i sensi per qualche istante. Senza dubbio nell'urto la mia rivoltella si è sfilata dalla fondina. Ho percepito vagamente una presenza accanto a me, e poi ho sentito due colpi d'arma da fuoco. Mi sono rialzato a fatica e ho visto Sallabert steso al suolo. Non sapevo ancora che fosse morto. Sul terrapieno una macchina stava facendo manovra. Sempre sotto shock, ho raccolto la rivoltella e ho sparato a quell'auto attraverso i rami. Pessimo riflesso... Ormai tutto mi accusava. Sallabert era stato ucciso con la mia arma. Le mie impronte erano sull'arma del delitto, ero il marito cornuto... Non potevo più discolparmi. Bisognava che il cadavere di Sallabert scomparisse».

Affascinata, Mary domandò: «Ma allora chi ha ucciso Sallabert?»

«Eh, piccola, cerca un poco. Non è difficile!»

Mary ebbe paura di capire. «Eppure...» S'interruppe, spaventata dall'enormità di quello che avrebbe detto.

Amédéo la incoraggiò. «Forza! Resterà tra noi, comunque.» Il mutismo di Mary lo indusse a canzonarla. «Considerare la colpevolezza di una persona simpatica è più difficile che considerare quella di una persona che si detesta, vero? Suvvia! Coraggio!»

Mary rispose in un soffio: «La signora Sallabert!»

«Ecco!» trionfò dolorosamente Amédéo. «L'hai detto, piccola Lester! La signora Sallabert! La vedova sconsolata, consapevole delle scappatelle del marito, che lo aveva sorpreso in compagnia di una donna. Sallabert seguiva mia moglie per andare a Kerhervy, io seguivo Sallabert e la signora Sallabert seguiva me. Che processione! È stata davvero la notte del pedinamento! È stata sorpresa nel vedermi? Lo ignoro. Comunque è rimasta nell'ombra, in attesa che io aggredissi Sallabert. Di certo voleva vederlo subire una lezione, ma quando ha capito che stava per cavarsela illeso, è intervenuta. Durante la zuffa la mia rivoltella è scivolata fuori della fondina. Io ero a terra, esanime, e Sallabert stava tornando verso il furgone. Folle di furore, lei ha impugnato la rivoltella e lo ha chiamato. Incredulo, Sallabert ha riconosciuto la moglie, che di sicuro non si aspettava di trovare lì, e si è beccato subito due palle che l'hanno spedito *ad patres*. Allora l'assassina ha gettato l'arma ed è scappata. Proprio in quel momento mi sono ripreso, ho raccolto la rivoltella... Il resto lo sai. Come ti ho detto, pessimo riflesso.

D'altronde, ero ancora stordito. Alcuni giorni dopo la vedova si è recata alla stazione di Polizia a denunciare la scomparsa del marito, com'era normale che facesse. L'ho incrociata in corridoio mentre usciva dall'ufficio dove tu l'avevi ricevuta. In quel momento ho capito che era stata lei a impadronirsi della mia rivoltella e a sparare a Sallabert.»

«Ma come ha potuto riconoscerla senza averla vista?» obiettò Mary.

«Si è tradita. Avresti dovuto vederla quando mi ha incrociato. Credeva che fossi a Lorient e non pensava proprio di trovarmi là. In più, ho riconosciuto il suo profumo. Non vedevo, certo, però respiravo. Io vengo dalla Corsica, l'Isola della Bellezza, piccola, e nella macchia non ci sono che profumi! Io li conosco tutti!»

Di nuovo, Mary domandò: «Perché non ha detto nulla a Lebret?»

Con un'altra smorfia di dolore, Amédéo scrollò le spalle. «Non c'era nulla da dire, piccola. Non avevo prove! Non avevo possibilità di essere creduto e sarei sembrato il vigliacco che accusava la vittima per discolparsi. Credimi, ho riflettuto su tutto questo per giorni. Io so che la vedova Sallabert ha ammazzato il marito, ma per il resto del mondo è innocente, e qualunque cosa tu faccia, tale resterà. E ti proibisco di provare a dimostrare il contrario. Te lo proibisco! Capito? La Polizia è già abbastanza malvista dalla cittadinanza senza che si forniscano ulteriori argomenti ai suoi detrattori.» Spossato da quel lungo monologo, si distese di nuovo sul letto; poi riprese con voce neutra, gli occhi fissi al soffitto: «Quanto al barbone, sono stato io. Tutto è successo più o meno come lo hai ricostruito tu, ma senza di te niente sarebbe stato scoperto». Disincantato, aggiunse: «In ogni caso, non si sarebbe risolto il problema. Mia moglie si sarebbe trovata un nuovo amante. Al riguardo, non deve preoccuparsi: è bellissima! La conosci?»

Mary negò scuotendo la testa.

«È davvero bellissima», dichiarò Amédéo, con espressione di stanchezza infinita sul volto. «È bellissima, è una puttana e io la amo.» E rimase così, con gli occhi fissi nel vuoto.

Credendo che si fosse assopito, Mary si alzò e aprì la porta.

L'acquerugiola continuava a cadere, ma un pallido quarto di luna rischiarava appena l'acqua nera, da cui spuntavano come scheletri le ossature dei navigli. Il terrapieno era deserto. Che fare? Era necessario ricoverare d'urgenza quello sventurato... Sì, ora che aveva ascoltato la sua triste storia, provava compassione per Amédéo.

Dal fondo della casetta giunse una voce fioca: «Sei ancora lì, piccola?»

Mary ritornò verso il letto. «Sono qui, signore.»

«Avvicinati...» sospirò Amédéo. «Dimmi, ti chiedi forse come ho buttato la mia carretta nel Blavet? Se fossi io a occuparmi dell'indagine, mi porrei innanzitutto questa domanda. Cosa ne dice Lebret?»

«Lebret e gli altri sono persuasi che lei sia annegato e che la corrente abbia trasportato al largo il suo cadavere.»

Un misero sorriso fiorì sul volto dolente di Amédéo. «Perfetto. Non c'era altro da immaginare. Comunque, quello che mi è accaduto è straordinario, incredibile. Se qualcuno me lo avesse raccontato, lo avrei giudicato un bugiardo. Quando me la sono svignata dal commissariato dopo avere steso Le Moal... A proposito, come sta il bravo Le Moal?»

«Un bernoccolo.»

«Nient'altro?»

«Un grosso bernoccolo e una gran sfuriata di Lebret.»

«Allora va bene.» Amédéo parve sollevato. «Non volevo ferirlo, però un tipo robusto come lui non era facile da neutralizzare. In breve, quando mi sono ritrovato a bordo della mia auto sono fuggito senza guardare indietro. Poi la situazione non ha tardato ad apparirmi qual era: senza sbocco. Tutta la Polizia di Francia mi braccava e avevo perduto le due cose che più amavo al mondo: il mio lavoro e mia moglie. Ho subito pensato di rifugiarmi nel sud, forse di trasferirmi in Corsica e di fondermi alla natura. Non sarebbe stato irrealizzabile...»

«È proprio quello che ha pensato Berger.»

«Ecco, Berger ha pensato!» rise Amédéo. «Questa è una novità!»

Mary non poté impedirsi di sorridere. «È spietato, signore!»

«Ma no! Lo sai bene! Berger ha un chiodo fisso: il gioco. Non gliene frega niente di tutto il resto! Quando gli hai parlato del bidone...»

«È scoppiato a ridere.»

«Ecco, è scoppiato a ridere! Hanno riso tutti, e io più forte degli altri per mantenere le apparenze, e anche perché mi conveniva. In un commissariato, e non soltanto a Lorient, ciascuno ha la propria specialità: droga, gioco d'azzardo, prostituzione... Ciascuno pensa soltanto a ciò che è di sua competenza, disinteressandosi di quello che è competenza dei colleghi. Eppure tutto funziona: si comunica gli uni con gli altri! Quando si è veri sbirri, ci si interessa di tutto ciò che è sospetto. Comunque, sto divagando: gli altri facciano pure quello che vogliono, io non devo più immischiarmi... Torniamo al ponte di Bonhomme, perché è là che mi sono nascosto, sotto il vecchio ponte. Ho nascosto la macchina sotto un'arcata, dove non poteva essere vista, e ho atteso la notte, riflettendo. Cosa avrei fatto se fossi riuscito a tornare in Corsica? Mi sarei dato alla macchia e mi sarei nascosto, per vivere come una bestia nelle capanne di montagna, mangiando castagne? Sono un tipo di città, io. Ho bisogno della folla, dei locali, dei rumori, dell'odore delle macchine... Insomma, mi stavo allestendo una sepoltura di prima classe. Così, sepoltura per sepoltura, ho deciso di farla finita con la vita. Ho atteso la notte fonda e l'assenza di traffico. Ho lanciato la macchina a tutta velocità e, arrivato in mezzo al ponte, ho sterzato tutto a destra. L'urto è stato spaventoso. Ho preso un colpo terribile alle costole... Il volante... Sono rimasto un momento seduto, stordito, senza capire... Sentivo l'auto ondeggiare, eppure non ero in acqua... Allora ho aperto la portiera e sono uscito. Nello stesso istante la portiera mi è sfuggita di mano ed è scomparsa. Un'auto è passata velocissima sul ponte rischiarando brevemente la scena. Nel parapetto sfondato si era aperta una breccia di qualche metro e la mia auto era scomparsa! Ero stato fregato in pieno! Mi sono appoggiato a un rottame, comprimendomi le costole, straziato dal dolore. Non ho avuto il coraggio di saltare nella voragine spalancata ai miei piedi. Per un inverosimile insieme di circostanze, la mia macchina si era fermata in bilico sul bordo del ponte. Soltanto il mio peso le aveva impedito di precipitare. Appena ne sono uscito, l'equilibrio si è rotto ed è precipitata in acqua.»

«È stato un vero miracolo», commentò Mary.

«Volendo!» rise Amédéo. «In seguito sono andato giù per il sentiero che conduce a Kerhervy. Avevo le chiavi di Antoine Sallabert perché gli avevo perquisito le tasche prima di cementarlo nel bidone. Ah, Lester, che calvario quella camminata notturna! A ogni passo mi sembrava che mi si conficcasse un ferro rovente nel petto. Non sono mai stato così felice di trovare un letto.»

«Ma cosa contava di fare, signore?»

«Non lo so, non lo so più...» confessò Amédéo, con voce rotta. «Consapevole di essere ricercato, sono sceso laggiù per non essere visto dalla strada principale. Ho camminato a caso, e poi ho visto la casetta... Avevo forse altra scelta?» Tacque.

Nel silenzio, Mary ebbe l'impressione di udire, oltre al suo respiro affannoso, alcuni singhiozzi. Tremendamente in imbarazzo, avanzò di due passi. «Signor Amédéo, devo informare il capo...»

Il fuggiasco ferito rispose con un gesto di rifiuto.

«È necessario!» Con voce più dolce, Mary aggiunse: «Sarà curato...»

«E giudicato», digrignò Amédéo.

«Senza dubbio sarà giudicato. Ma è stato un crimine passionale!»

«Non l'omicidio del barbone!»

«No, certo. Però quello è stato conseguenza del primo.»

«Può darsi. E il mio comportamento nell'ufficio del capo? E l'aggressione a Le Moal?»

«Resterà tutto tra noi, signore. È forse necessario accennarvi?»

Di nuovo Amédéo sospirò. «Temo di sì. Ma non importa, piccola. Sei una brava ragazza e non hai altra possibilità: vai pure a informare Lebret.»

«Lei rimarrà qui?» chiese Mary, sospettosa.

«Non uscirò di qui!» assicurò Amédéo e, poiché Mary lo fissava diffidente, aggiunse, sorridendo con una smorfia di dolore: «Lo giuro!»

Allora Mary si alzò e uscì. «A presto.» Poi chiuse piano la porta e si precipitò giù per il sentiero. Maltrattata, la piccola Austin corse verso Lanester.

Il ristorante del ponte di Bonhomme era ancora illuminato. Mary si fermò nel grande parcheggio ed entrò nel bar: «Un caffè, per favore, e un pacchetto di Boyards. Posso telefonare?»

Intenta ad asciugare un bicchiere, la giovane barista le indicò con un cenno della testa la cabina telefonica.

Mary vi si precipitò, inserì alcune monete e compose febbrilmente il numero del commissariato. «Pronto? Commissariato di Lorient? Sì? Mi passi Lebret! Sì, proprio lui, il commissario divisionale Lebret! Chi lo desidera? Mary Lester, ispettore tirocinante Mary Lester. E si sbrighi! È molto urgente!» Scalpitando d'impazienza nella cabina, immaginò l'agente di servizio che con calma collegava e scollegava i cavi del centralino. Santo cielo! Si sbrigava o no?

«Pronto! Lester?» rispose finalmente una voce diffidente e scontenta. «Cosa c'è ancora?»

«Capo, ho trovato Amédéo!»

«Cosa?» gridò Lebret, con tutto il fiato che aveva nei polmoni.

Mary lo immaginò lasciarsi cadere per l'emozione sulla sedia, pesantemente, e rispose, scandendo le parole: «Ho ritrovato Marc Amédéo!»

«Ma non è possibile! Dove?»

Anche se Mary avrebbe voluto farlo aspettare, non era il momento adatto agli indovinelli. «A Kerhervy, nella casetta della signora Le Dantec!»

Con voce tremante, il commissario domandò: «Ma è...?»

«Vivo! Sì, è vivo! È in cattive condizioni, però è vivo! Torno subito da lui. Faccia presto, capo, e chiami un'ambulanza!» Mary uscì dalla cabina telefonica, ghermì il pacchetto di sigarette, gettò sul bancone due monete da dieci franchi e aprì la porta.

«Il suo caffè!» gridò la barista.

«Lo beva lei! Io sono già abbastanza nervosa!»

Abituata a veder sfilare personaggi d'ogni genere, la barista scrollò le spalle e si affrettò a raccogliere le monete. Dal momento che era stata pagata...

Con una partenza troppo violenta, prendendo le curve a velocità eccessiva e frenando troppo brutalmente, Mary fece stridere ripetutamente gli pneumatici della piccola Austin. Poi salì di corsa il sentiero come se ne andasse della sua stessa vita e aprì la porta...

La casetta era al buio. Si sentiva l'odore del fumo delle candele da poco spente.

Con voce strozzata, Mary chiamò: «Signore... Signor Amédéo...» Calpestò un oggetto cilindrico, lo sentì rotolare e si curvò a raccoglierlo. Era una candela... A tastoni trovò il tavolo, poi i fiammiferi. Ne usò uno per accendere la candela e si avvicinò al letto. Era vuoto. «Merda!» imprecò. «Ha tagliato la corda un'altra volta! È davvero inafferrabile, quell'uomo! Eppure aveva promesso... Ah, che stupida! Mi ha ingannata!» Parlò troppo forte e troppo in fretta, con la falsa sicurezza dei bambini che hanno paura del buio e scongiurano l'angoscia fischiando.

Nell'indietreggiare, si sentì sfiorare da qualcosa. Si girò di scatto, improvvisamente agghiacciata, e lanciò un urlo. Amédéo non avrebbe ingannato mai più nessuno. Come un macabro lampadario, pendeva dalla trave maestra appeso per il collo e in un ultimo spasmo aveva rovesciato il candelabro.

Vacillante, tremante, Mary indietreggiò fino alla porta. La cera bollente che le colava sulle dita la indusse a lasciar cadere la candela, mentre in lontananza echeggiava il lamento lugubre dell'ambulanza e delle macchine della Polizia che si aprivano la strada a gran colpi di sirena.

«Troppo tardi», disse Mary a voce alta.

Uscì, chiuse dolcemente la porta e offrì il volto ardente all'acquerugiola che cadeva sotto lo sguardo di una luna pallida.

Aveva corso troppo ultimamente: aveva corso troppo. Così, a passi lenti, scese per il sentiero delle capre.

Lorient, ottobre 1992

Fotocomposizione:
Nuovo Gruppo Grafico S.n.c. - Milano

Finito di stampare nel mese di gennaio 2019
per conto della TEA S.r.l.
da Grafica Veneta S.p.A.
di Trebaseleghe (PD)
Printed in Italy